Het jongensboek

E. LOCKHART

Het jongensboek

(Een studie naar gewoonten en gedrag.
Inclusief een handleiding
om ze te temmen.)

De Fontein

Oorspronkelijke titel: *The Boy Book*
Verschenen bij Delacorte Press, een imprint van
Random House Children's Books
© 2006 E. Lockhart
Voor deze uitgave:
© 2006 Uitgeverij De Fontein, Baarn
Vertaling: Jeske Nelissen
Omslagafbeelding: CSA Images
Omslagontwerp en grafische verzorging: Hans Gordijn

www.uitgeverijdefontein.nl
www.theboyfriendlist.com

ISBN 90 261 3189 5
NUR 284

Voor Zoe Jenkin

Inhoud

1. Wat het hebben van borsten met zich meebrengt

(Een onderwerp dat van groot belang is voor onze studie van het menselijk mannetjesdier, omdat borsten bij goed gebruik op jongens werken als supermagneten die aan je lijf zitten.

Of minimagneetjes. Of middelgrote.

Afhankelijk van hoe je bedeeld bent.

Maar in elk geval magneten. Voor jongens. Daar gaat het om.

Magneten dus. Magneten!)

1. Als ze wiebelen, draag dan een bh. Ik heb het over jou. (Ja, jij daar.) Een bh is niet vrouwonvriendelijk. Hij zit gewoon prettig en zorgt ervoor dat je borsten niet gaan hangen.

2. Al heb je nog zo'n miezerige borstpartij, trek nooit een bh aan met van die megavullingen erin. Als een jongen daarin knijpt, gaat hij nog twijfelen of je daar stressballetjes of borsten hebt zitten. En als je ze een keer vergeet en op een dag een gewone bh aanhebt, gaat iedereen zich afvragen hoe het toch komt dat je boezem kan uitzetten en krimpen. (Voorbeeld: de op onverklaarbare wijze veranderde voorgevel van Madame Long, lerares Frans en parttime draagster van bh's met vulling).

3. Een handige tip: voor een optimale vorm, trek je terug op het toilet en hijs ze op ín je bh.

4. Voer deze manoeuvre nóóit uit in het openbaar, hoe urgent het volgens jou ook is.

5. Ga nooit topless bij iemand in het bubbelbad zitten. Weet je nog hoe Cricket drie kwartier lang haar borsten tegen de wand van het bubbelbad bij de Van Deusens moest drukken toen Gideon en zijn vrienden thuiskwamen? Laat dat een les voor je zijn. (Ja, ook voor jou.)

6. Ga ook nooit topless zonnen, tenzij je dol bent op roodverbrande borsten waarvan de huid nooit meer aanvoelt zoals vroeger (voorbeeld: Roo, al zweert

ze dat ze een sunblocker had gebruikt) of tenzij je wilt dat je moeder begint te gillen dat de buren je kunnen zien (voorbeeld: Kim, al kon echt helemaal niemand haar zien en waren de buren op vakantie).

– uit: *Het jongensboek. Een studie naar gewoonten en gedrag. Inclusief een handleiding om ze te temmen (Een Kanga-Roo uitgave)*, geschreven door mij, Ruby Oliver, met tip nummer zes toegevoegd in Kims handschrift. Vermoedelijk tijdstip: de zomer na de derde.

In de week voordat de vijfde klas begon, was er bij de dokters Yamamoto een giga-afscheidsfeest voor mijn ex-vriendin Kim.

Ik ben niet gegaan.

Ze is mijn ex-vriendin. Niet mijn vriendin.

Kim Yamamoto nam afscheid omdat ze een halfjaar in Tokyo naar school gaat, via een uitwisselingsprogramma. Ze spreekt vloeiend Japans.

Ze heeft een groot zwembad thuis en een nog grotere tuin, met uitzicht op de skyline van Seattle. Ik heb gehoord dat haar ouders de avond voordat ze vertrok een sushikok hebben ingehuurd om voor de ogen van iedereen dooie vis te staan hakken. Kim en haar vrienden wisten een paar flessen wijn te bemachtigen. Het schijnt een geweldig feest te zijn geweest.

Ik zou het echt niet weten.

Wat ik wel weet, is dat zich die avond de volgende absurde voorvallen hebben afgespeeld nadat de volwassenen rond een uur of elf uitgeput naar bed gingen.

1. Iemand kotste achter het schuurtje en heeft dat nooit bekend. Er waren een aantal mogelijke verdachten.
2. Mensen deden handstandwedstrijden en het blijkt dat Shiv Neel op zijn handen kan lopen.
3. Tegen het eind van het feestje, toen alle jongens binnen naar de tv zaten te kijken, trokken Katarina Dolgen, Heidi Sussman en Ariel Olivieri hun kleren uit en gingen in hun blootje zwemmen.
4. Nora van Deusen besloot ook het water in te gaan. Ze moet

nogal wat wijn op hebben gehad om tot zoiets te komen. Meestal is ze niet zo iemand die gauw uit de kleren gaat. [1]

5. Er kwamen een paar jongens het gazon op lopen. Nora zat op het trapje van het zwembad en haar borsten dobberden op het water. Iedereen kon ze zien.

6. Shep Cabot, beter bekend als Cabbie, die vorig jaar zeer bedreven in mijn eigen betrekkelijk kleine borst[2] kneep, maar die verder niet veel klaarmaakt voor zover ik weet, nam een foto – of deed in elk geval alsof. Op dit punt spreken de getuigenverklaringen elkaar tegen.

7. Nora greep haar borsten en rende gillend het huis binnen op zoek naar een handdoek. Wat niet zo'n best idee was, want ze had niks anders aan dan alleen een kletsnat blauw slipje. Cabbie nam nog een foto, dat zei hij tenminste. De andere meisjes bleven preuts in het zwembad zitten totdat Nora weer naar buiten durfde te komen in een joggingbroek en een T-shirt van Kim en ze hun kleren bracht.

Ik weet dit allemaal, omdat er op de eerste schooldag over niets anders werd gepraat.

Niet dat het me rechtstreeks werd verteld natuurlijk. Want al was ik vroeger tamelijk populair, na die verschrikkelijke debacles in de vierde, waarin ik niet alleen mijn toenmalige vriendje Jackson kwijtraakte, maar ook nog eens mijn vriendinnen Cricket, Kim en Nora, was ik nu een erkende leproos met een sletterige reputatie.

Meghan Flack, met wie ik mee naar school rijd, bleef als enige over.

Vorig jaar waren Meghan en haar vriendje Bick, een stuk uit de hoogste klas, zowat elke minuut bij elkaar. Dat was superirritant

---

[1] Nora was de enige van mijn drie oude vriendinnen (zij, Cricket en Kim) die sociaal of lichamelijk nog niets afgrijselijks met het uittrekken van haar topje had meegemaakt. Zie het stukje uit *Het jongensboek* hierboven.

[2] Ja, eentje maar. Maar dat is een lang verhaal.

voor alle meiden die zelf wat met Bick wilden en voor alle jongens die er geen zin in hadden de hele tijd toe te kijken hoe die twee tijdens de lunch aan elkaar zaten te plukken.

Iedereen had een hekel aan Meghan. Zij was een van die meiden die je graag haat – niet omdat ze iets gemeens of onaardigs doet, maar omdat ze zo fantastisch is, daar helemaal geen erg in lijkt te hebben én alleen maar aandacht heeft voor jongens. Omdat ze met haar tong over haar lippen likt als ze met jongens praat en zo'n schattig pruilmondje trekt. Alle jongens staren naar haar alsof ze geen controle over hun ogen hebben.

Maar ik heb geen hekel aan haar, niet meer. Ze irriteert me ook niet meer. En ze was helemaal van slag die eerste schooldag, want Bick was een week daarvoor naar Harvard vertrokken.

Dus stonden Meghan en ik voor de schoolkastjes toen we hoorden hoe een groep meiden die nu net in de zesde zitten het hadden over het feestje van Kim en wat daar gebeurd was. Later hoorden we nog meer van de jongens die achter ons zaten bij Engelse literatuur, en toen nog van alles van een meisje dat bij mij in het zwemteam zit. Tegen het einde van het eerste uur was het wel duidelijk dat Nora's borsten de rest van die dag het voornaamste onderwerp van vrijwel elk gesprek zouden zijn.

Want Nora heeft flinke voorbumpers.

Echt enorme voorbumpers.

Nee, Nora is bepaald niet onderbedeeld.

Ze zit in het basketbalteam, en om die dingen binnenboord te houden, draagt ze altijd een sport-bh in plaats van een gewone. Dus misschien zou het je niet eens opvallen als je niet bij haar thuis gelogeerd had en ze in het echt gezien had. Maar als ze eruit floepen, dan floepen ze. Ik houd helemaal niet van dit soort benamingen voor vrouwelijke lichaamsdelen, maar het juiste woord voor wat Nora heeft is *joekels*.

Nora van Deusen is eigenlijk niet echt een meisje op wie jongens letten. Ze heeft nog nooit een vriendje gehad. Ze fotografeert en ze kijkt naar sport op de tv. Ze lacht veel en drinkt haar koffie zwart, zonder suiker. Haar familie gaat naar de kerk.

En nu liep ze door de gang met haar boeken tegen haar borst aangedrukt en keek naar de vloer, terwijl er jongens riepen: 'Kom op Nora, laat zien wat je hebt!' Of: 'Laat ze los, Van Deusen! Zo'n paar moet regelmatig gelucht worden.'

Goh, het was alsof we nooit verplicht Amerikaanse geschiedenis en politiek hadden gevolgd. Bijna een kwartaal lang hadden we het gehad over de geschiedenis van het feminisme. Ze hadden toch moeten weten dat het volkomen achterhaald en flauw is om in de gang commentaar te geven op iemands lichaam.

'Hé Nora, mag ik mee op reis met die heteluchtballonnen?'

Alsof ze nog nooit borsten gezien hadden.

Misschien was dat trouwens ook wel zo.

Naast de info die Meghan en ik in de wandelgangen opvingen, kreeg ik de details vooral te horen van Noel DuBoise. Hij dook ineens op bij kunstgeschiedenis en toen weer bij scheikunde. Wij besloten te gaan samenwerken bij het practicum, als lichtpuntje in wat een verschrikkelijk semester vol wetenschappelijke ellende beloofde te gaan worden.

Meer over Noel: blond piekhaar waar vermoedelijk potten gel voor nodig zijn; drinkt niet, heeft een schone lever en is vegetariër, maar rookt als een schoorsteen; wenkbrauwpiercing; graatmager, geestig op een spottende, onderkoelde manier. Ik ken hem al lang, omdat iedereen op Tate elkaar al sinds de kleuterschool kent,[3] maar ik raakte pas met hem bevriend toen we vorig jaar schilderen als keuzevak deden. Hij was de enige die me niet in de steek liet bij alle debacles in het voorjaar in de vierde, toen iedereen deed alsof ik overdekt was met rare, blauwe lepravlekken.

Noel is een van die mensen die niet bij een kliekje hoort – maar hij is ook geen leproos. Eerst vroeg ik me af of hij misschien homo was, maar dat is hij totaal niet, al wil hij niks te maken hebben met die fanatieke heteromallemolen van onze school.

Noel bekijkt het Tate-universum alsof hij het allemaal wel amu-

---

[3] Alle advocaten en internetmiljonairs uit Seattle sturen hun kinderen naar Tate. Het is een kleine school met een grote campus. Ik heb een beurs.

sant en soms wat weerzinwekkend vindt, maar hij is wel bereid om eraan mee te doen als onderzoeksobject, om interessante brokjes informatie mee te kunnen nemen naar die ironische punkrockplaneet waar hij eigenlijk woont.

Daarom mogen mensen hem wel. Hij wordt uitgenodigd voor feestjes. Hij kan bij iedereen aan tafel komen zitten. Maar hij lijkt nooit ergens écht bij te horen, als je begrijpt wat ik bedoel.

Noel en ik hadden elkaar de hele zomer niet gezien. Ik was de eerste helft van de zomer op reis met mijn moeder.[4] Daarna ging hij in augustus naar New York op bezoek bij zijn oudere broer Claude, die op Cooper Union zit.

Zelfs als we wel alle twee in Seattle waren, waren Noel en ik nooit vrienden op het niveau van samen plannen maken. Wij waren eerder schilderen-als-keuzevak-vrienden, die soms briefjes in elkaars schoolkastjes legden.

We belden elkaar ook niet op of zoiets.

Toch had Noel me aan het eind van de zomer een mailtje gestuurd. Een verslag over zijn reis naar New York.

Het aantal traptreden naar Claudes flat: zeventig (geen lift).
Het aantal lichtjes op Times Square: honderdduizendmiljoen.
Het aantal dumplings in één keer naar binnen gewerkt bij de Chinees: elf.
Het aantal keren dat ondergetekende niet voor vier uur 's ochtends in bed lag: elf.
Het aantal keren dat Claude mij 'punkie' noemde: ontelbaar.
Het aantal homoclubs waar hij me mee naartoe sleepte: drie.
Naam van degene die woest begon te dansen en toen voor de ogen van alle vrienden van zijn broer onderuitging: Noel.

Ik vroeg me af of hij dat mailtje ook nog naar iemand anders had gestuurd, maar toen besloot ik dat me dat niets kon schelen. Ik

---

[4] Mijn moeder is een *performance artist*. Vorige zomer maakte ze een tournee langs vijf steden met haar nieuwe show, *Elaine Oliver: Schreeuw het uit!*

had maar één officiële vriendin (Meghan), en ik kon het me niet permitteren kieskeurig te worden. Dus schreef ik hem terug:

Aantal ijslolly's dat ik in één keer heb verorberd: 3,5. Toen begon mijn tong bevriezingsverschijnselen te vertonen.

Aantal keren dat mijn vader zei: 'Waar zijn die ijslolly's toch gebleven? Ik weet zeker dat ik er nog een paar had': zes.

Iemand aan wie ik me erger: mijn moeder. Twintig seconden geleden begon ze: 'Ruby, ik zie dat er een hoop spullen van jou in de huiskamer liggen,' omdat ze een boek Opvoeden tot mondigheid *heeft gelezen, waarin staat dat ze niet tegen mij moet zeggen dat ik mijn rotzooi moet opruimen, omdat ik door dat soort autoritaire opdrachten afhankelijk blijf, terwijl ik mijn eigen zelfstandigheid moet ontwikkelen. In plaats daarvan moet ze op iets wat ik doe dat zij niet leuk vindt, reageren met de opmerking 'Ik zie dat...' – en dan wachten totdat ik zelfstandig het besluit neem me sociaal verantwoordelijk te gedragen door... mijn rotzooi op te ruimen.*

Alleen ken ik al haar sluwe opvoedingstrucs, omdat ik dat boek heb gelezen toen ze even niet keek!

Iemand die me nu aan het lachen maakt: John Belushi.[5] (Nee, niet hier. Dat zou pas echt raar en uiterst zorgwekkend zijn. Op tv.)

Iemand die ik kan zien vanuit het raam van het kantoor van pap: Hutch.[6]

Iemand die haar rijbewijs heeft en in het weekend de Honda mag lenen:

Roo!

Roo!

Roo!

---

5 John Belushi was een komiek die vroeger optrad in *Saturday Night Live* (zoals hij 'Cheeseburger! Cheeseburger!' uitsprak!) en die speelde in *Animal House* en *The Blues Brothers*. Hij pleegde per ongeluk zelfmoord toen hij pas 33 was door een overdosis. Net als Elvis, maar dan nog veel meer en in zijn nakie.

6 Hutch: alias John Hutchinson. Zit bij mij op school. Dol op het citeren van retrometalsongs. Poetst nooit zijn tanden. Maar hij is oké.

En Noel schreef terug:

Hoezo Hutch uit raam?

En ik schreef terug:

Hij helpt pap in de kas. Kevin Oliver = enige werknemer en eigenaar van een tuincatalogus/nieuwsbrief/bloedsaaie uitgave getiteld: Terrastuinieren in potten voor de liefhebber van zeldzame bloemen.

Hutch heeft zijn haar laten knippen.

Noel antwoordde niet. Maar op de eerste schooldag vroeg hij me om samen te werken bij het scheikundepracticum. Ook al hadden we pas practicum op donderdag.

Ik knikte. In de pauze liepen we samen naar de mensa om te gaan lunchen, en Noel stak een sigaret op, en het boeide hem niet of er leraren waren die het konden zien.

Ik keek naar zijn bleke huid en zijn benige hand, waar hij de rook doorheen blies. Hij had met blauwe inkt 't/m blz. 40' op zijn knokkels geschreven. Ik bedacht hoe fijn het was om hem te zien, en dat we misschien wel vrienden konden zijn, in elk geval op-school-bij-elkaar-zijn-vrienden, ook al hadden we elkaar de hele zomer niet gezien, en ook dat hij echt heel leuk was op een slome manier – toen Noel zijn sigaret in de prullenbak gooide en mijn arm vastgreep. We waren een meter of tien van de ingang van de mensa.

'Wacht even,' zei hij. 'Kom maar mee als je wilt' – en hij trok me naar de zijkant van het gebouw, achter een struik, waar niemand ons vanaf het pad kon zien.

Ik dacht heel even dat hij me ging zoenen
en ik wist niet of ik dat wilde
omdat ik niet had gedacht dat het daarop zou uitdraaien
ook al hadden we die keer op de afterparty van het Lentefeest elkaars hand vastgehouden

maar misschien wilde ik wel dat het daarop zou uitdraaien –
en zijn bleke hals zag er zo mooi uit
en zijn grijsgroene ogen schitterden
en ja, ik wilde het.

Maar zou hij me echt hier gaan zoenen midden op de Tate-campus, halverwege de kantine?

En was het een goed idee van iemand (ik) met een slechte reputatie om te gaan rotzooien in de struiken op de eerste schooldag?

Toen haalde Noel een oranje plastic buisje uit zijn jaszak, ademde in, stak het in zijn mond en drukte de bovenkant in. Hij ademde een paar keer in en uit, legde zijn handen op zijn knieën en leunde naar voren terwijl hij naar de grond keek.

Ik kon de witte huid van zijn rug zien, tussen zijn ribbroek en zijn jack.

Hij stond op en pufte nog eens.

Hij ging me helemaal niet zoenen.

Ik voelde me een idioot.

'Schrik maar niet,' zei Noel terwijl hij naar mijn verbijsterde gezicht keek. 'Het is geen crack.'

'Dat weet ik,' zei ik, al was ik daar niet zeker van geweest. Zelf had ik nog nooit crack gerookt.

'Ik had het je misschien eerst moeten uitleggen. Wel een beetje creepy om je de struiken in te sleuren en je te dwingen toe te kijken terwijl ik legale middelen snuif. Sorry.' Hij ging staan en schoof het buisje terug in zijn zak.

'Je hebt astma,' zei ik even later.

'Al vanaf mijn vierde.'[7]

'Maar je rookt.'

'Yep.'

---

[7] Astma: later vond ik er dit over. Zo'n een op de twintig kinderen in Amerika heeft astma. Het komt erop neer dat de spieren rond de luchtwegen in je longen verkrampen en de luchtwegen ontstoken raken. Dan ga je piepen en hoesten en je kunt niet meer ademhalen. Je kunt een aanval krijgen door stof of stuifmeel, of door virusinfecties of voedselallergieën.

'Dat kan nooit goed zijn.'

'Nope.'

'Waarom doe je het dan?'

Noel zuchtte. 'Omdat ik het zo zat ben. "Vergeet je medicijnen niet, Noel. Blijf vandaag binnen, Noel – er zit veel stof in de lucht. Maak je niet te druk, Noel. Denk aan je afspraak met de dokter, Noel. Doe dit niet, doe dat niet, Noel."'

'Rot voor je.'

'Het is alsof... ik baal van al die beperkingen. Ik mag van de dokter nergens blijven slapen zonder dat een van mijn ouders erbij is. Ik mag niet naar een zomerkamp. Ik mag nergens naartoe waar het erg stoffig of stuifmelig is. Volgens haar mag ik zelfs niet hardlopen. Ik moest maar iets gaan doen wat een minder grote belasting voor mijn longen was.'

'Maar je loopt wel hard.'

'Precies. En ik ben ook op zomerkamp geweest. En ik ga op stap zonder rekening te houden met het stuifmeelgehalte. Omdat ik wil bewijzen dat ik dat kan.'

'En roken moet je ook zo zien?'

'Ja, ziek hè,' lachte hij. 'Ik wil niet dat ze tegen me zeggen dat ik niet mag roken.'

'Je bent gek.'

'Dat zeggen zij ook.' Noel ging over op een ander onderwerp. 'Hé, vandaag is pizzadag. Neem je dat, of salade?'

'Ik heb zin in zo'n kleverig broodje,' antwoordde ik.

We kwamen de struiken uit en liepen de mensa in.

Hadden wij zojuist een soort moment samen gehad? Geen kusmoment zoals ik had gedacht, maar toch iets intiems. Op de een of andere manier had hij me in vertrouwen genomen.

Misschien had Noel me een geheim verteld.

Of misschien nam hij al zijn vrienden – meisjes uit de vierde en mensen uit de schilderklas, wie dan ook (hij had altijd wel íémand bij zich) – misschien nam hij die wel allemaal mee de struiken in. Misschien was ik wel de laatste in het Tate-universum die een struik-/pufervaring met Noel DuBoise had.

Geen idee.

We gingen in de rij staan. Ik bestelde een kleverig broodje en maakte voor mezelf de salade die ik altijd neem: sla, rozijnen, gebakken Chinese noodles, babymaïs, kaas, zwarte olijven, dressing. Noel nam pizza. Meghan zag ik niet, maar ik kende haar rooster niet. Misschien had zij al geluncht.

We gingen aan een van de tafels voor vijfdeklassers zitten.

Cricket en Nora zaten een paar tafels verderop. Mijn ex-vriendinnen. Daar had ik ook gezeten, als het leven anders was gelopen.

Ik voelde een golf van dankbaarheid voor Noel dat hij me niet alleen liet lunchen op de eerste schooldag.

Hij knikte met zijn hoofd in hun richting. 'Ik ben vorige week naar die toestand bij de Yamamoto's geweest,' zei hij verontschuldigend. 'Kim had me uitgenodigd.'

Ik haalde mijn schouders op. Kim had Noel altijd al cool gevonden.

'Ik weet wel dat jij nog liever doodgaat dan daar gezien te worden,' ging hij verder, waarmee hij me meer eer gaf dan ik verdiende, 'maar ik kan je wel een verslag geven, als je wilt lachen.'

Toen vertelde hij nog een keer het nieuws over het naaktzwemmen en de borsten, met alle kleine details van het kletsnatte blauwe slipje en de foto's van Cabbie.

'*O my God*!' zei ik verontwaardigd namens Nora. 'Die zal hij toch niet op school laten zien!'

Noel leunde achterover in zijn stoel. 'Ik acht hem tot alles in staat.'

'Nora gaat door de grond!'

'Yep.'

'Ik bedoel, zij nog meer dan iemand anders.'

'Nou?' Hij stak een stuk pizzakorst in zijn mond.

'Wat nou?'

'Wat ga jij daaraan doen?'

'Ik?'

'Cabbie moet worden tegengehouden.'

'En denk jij dat ik hem kan stoppen?'

'Oké,' zei Noel. 'Wat gaan wíj eraan doen?'

Tegen de tijd dat wij onze dienbladen op de stapel bij de keukendeur gezet hadden, hadden Noel en ik het Joekelsreddingscomité opgericht, dat tot doel had de foto's van Nora van Deusens allereigenste boezem te ontfutselen aan die valse, bijna niet te stoppen Cabbie, beter bekend als Shep Cabot.

2. Regels voor het daten op een kleine school

1. Sla niet aan het zoenen in de mensa of een andere kleine ruimte. Dat irriteert iedereen.
2. Laat je vriendje ook niet naast je lopen met zijn hand op je bil. Dat is nog irritanter dan zoenen.
3. Als je vriendin nog geen date heeft voor het Lentefeest en jij wel, doe dan wat voorbereidend werk en zoek uit wie er beschikbaar is om er met haar naartoe te gaan.
4. Kus nooit, maar dan ook nooit het officiële vriendje van iemand. Is de status van de jongen onzeker, win dan meer informatie in. Geloof hem op dit punt nooit zonder meer, maar check en dubbelcheck de feiten.
5. Heeft je vriendin al gezegd dat zij een jongen leuk vindt, ga hem dan niet ook leuk vinden. Zij heeft de eerste rechten.
6. Dat wil zeggen – tenzij je er zeker van bent dat het 'ware liefde' is. Als je voor elkaar bestemd bent, ben je voor elkaar bestemd en wie zijn wij om ware liefde in de weg te staan, alleen omdat Tate zo idioot klein is?
7. Laat je vriendinnen niet stikken als je een vriendje hebt. Deze school is zo klein dat we dat altijd merken.
8. Vertel je vriendinnen alle details! We beloven je dat het onder ons blijft.

– stukje uit *Het jongensboek*, geschreven door mij, waarbij Kim, Cricket en Nora over mijn schouder toekeken. Vermoedelijk tijdstip: begin oktober, vierde klas.

Kim Yamamoto was al sinds de kleuterschool mijn beste vriendin. Ze is enig kind en haar ouders zijn hersenchirurg en hartchirurg. Ze komt warm over en geeft je het gevoel dat ze je echt aardig vindt.

En dat was ook zo. Ze vond me ook echt aardig.

Omdat ik Roo was, werd zij Kanga. In het begin speelden we de gewone spelletjes die kinderen meestal spelen – met poppen spelen, voetballen en op het bed springen. Later logeerpartijtjes, nagels lakken, jongensbands en de split proberen te maken. Kim kan een geweldige keel opzetten als ze boos is, en schreeuwde tegen iedereen die mij uitlachte omdat ik een bril draag. Op de basisschool bleef ze meestal bij ons eten als de dokters Yamamoto het te druk hadden om haar van school te halen.

Later, ergens in groep zes, werden we vriendinnen met Nora, een mollige, leesgrage lachebek, en daarna, in de tweede klas, met Cricket, blond en dol op pastelkleurige kleren. Toen ze op school kwam, wisten we eerst eigenlijk niet wat we van haar moesten denken, totdat ze van die vouwblaadjes begon te maken waarmee je waarzegspelletjes kunt doen.

Eigenlijk waren we al in groep zes opgehouden met vouwpapiertjes maken, maar door Cricket werden ze weer leuk. 'Jij krijgt iets met de jongen die naast je zit bij wiskunde, op het gras achter de mensa.' Of: 'Je zult het niet ver brengen, maar je maakt wel een hoop mee.'

Dus besloten we dat we haar aardig vonden. Met ons vieren doorliepen we redelijk eensgezind en populair de onderbouw op Tate – we waren niet de baas in de klas (zoals Ariel, Katarina en Heidi), maar ook geen leprozen.

Toen ik op een avond aan het eind van de tweede bij Kim bleef slapen, begonnen we met een gezamenlijk aantekeningenschrift. Daar gingen we mee door tot aan het eind van de vierde, toen alles misliep. In dat schrift schreven we de belangrijkste feiten op over de mannelijke soort. We kaftten het met zilverkleurig cadeaupapier, en besloten dat de inhoud ervan zo belangrijk was dat hij alleen maar gezien mocht worden door degenen die het echt waard waren (dat wil zeggen Cricket en Nora).

We noemden het schrift *Het jongensboek. Een studie naar gewoonten en gedrag. Inclusief een handleiding om ze te temmen. (Een Kanga-Roo uitgave)*, alsof het een natuurboek was, over stinkdieren of zo.

En dat was het ergens ook wel.

Het jongensboek was een boek in ontwikkeling. De meeste stukjes kwamen officieel nooit af: we voegden iets toe over een onderwerp als er nieuwe informatie aan het licht kwam of als we nieuwe dingen meemaakten. Cricket en Nora lazen het door en schreven opmerkingen in de kantlijn. Soms moesten we er met plakband extra velletjes in plakken, om ruimte te maken voor een bijzonder belangrijk onderwerp; andere bladzijden werden doorgekrast met quasigeleerde uitspraken dat een bepaald stukje 'was weerlegd door wetenschappelijk onderzoek' of dat 'actuele studies tegengestelde resultaten aan het licht hadden gebracht! Zie blz. 49'.

De 'Regels voor het daten op een kleine school' schreef ik met hulp van de anderen tijdens een korte, fantastische periode in het begin van de vierde. Cricket had toen iets (nou ja, eigenlijk wel een relatie) met Kaleb, een jongen van haar toneelkamp, Kim met Finn, de stud-muffin en ik met Jackson Clarke. Nora had met niemand iets, maar dat scheen ze ook niet te willen, dus dat was in orde. Hoe dan ook, met zo'n overvloed aan vriendjes waren we uitermate tevreden met het leven.

We schreven de Regels deels omdat we ons ergerden aan Meghan. Die had in de zomer Bick aan de haak geslagen en zat altijd in het openbaar met hem te flikflooien of kroop bij hem op schoot. Maar we schreven de Regels ook op, omdat we wisten dat ons groepje van vier, als we echte vriendjes zouden krijgen, uit elkaar zou kunnen vallen als we niet een soort richtlijnen opstelden. 'Vertel je vriendinnen alle details!' schreven we.

En we probeerden ons aan de regels te houden.

Maar weet je nog, die ene regel dat je het vriendje van iemand anders mag inpikken als jij denkt dat het om 'ware liefde' gaat?

Ik had die stomme regel zelf bedacht – maar Kim bracht hem in de praktijk.

Je moet het volgende weten:

Het grootste deel van de vierde was Jackson Clarke mijn vriendje. Wij waren samen. Punt.

Toen pikte Kim hem in. Zij had het gevoel dat het tussen haar en Jackson 'ware liefde' was. Het was het lot. Ze beweerde dat ze hem nog nooit had aangeraakt voordat het uit was tussen ons. Ze zei dat ze zich aan alle regels had gehouden – en iedereen (Cricket en Nora) dacht dat ik er wel overheen zou komen.

Maar dat gebeurde niet. Ik kreeg angstaanvallen – afschuwelijke momenten waarop ik hartkloppingen kreeg en geen adem meer kon halen. Dan dacht ik dat ik doodging. Alleen ging ik niet dood; ik was alleen maar neurotisch.[8] Ik moest naar een psych.

Toen Kim een weekend weg was, werd er een groot feest gegeven. Jackson nodigde me uit voor het Lentefeest. Als vrienden. Als herinnering aan vroeger. Om het goed te maken, omdat hij zich zo rot voelde over wat er gebeurd was.

Aan het eind waren we alleen in het maanlicht, en ik kuste hem.

Hij kuste me terug.

We werden betrapt.

Al mijn vriendinnen walgden van me, omdat ik me niet aan de Regels voor het daten had gehouden en Kim had verraden, en Kim – nou ja, die walgde nog meer van me. Ik werd een leproos en kreeg een reputatie als slet.

Mijn situatie aan het begin van de vijfde was dus tamelijk belabberd. Tegenover de diverse mensen met wie ik vroeger omging was mijn status als volgt:

1. Kim: praatte niet meer met me, maar zat ver weg in Tokyo.
2. Cricket: praatte niet meer met me.
3. Katarina, Ariel en Heidi: praatten onofficieel niet meer met me. Dat wilde zeggen dat ze waarschijnlijk kletsten achter mijn rug, maar me gedag zeiden als ze er niet omheen konden.
4. Nora: praatte nog wel met me – in zekere zin. In de zomer maakten we een paar keer een babbeltje als we elkaar op straat tegenkwamen. Maar ze belde me niet op of zo.

---

[8] Als je zoiets overkomt, moet je echt naar de dokter. Het kan een teken zijn dat er lichamelijk iets mis is met je. Het heeft niet altijd met angst te maken.

5. Meisjes die ik kende uit het zwem- of hockeyteam (sportieve types): zeiden me gedag. Maar met geen van hen was ik eigenlijk ooit echt bevriend geweest.
6. Noel: gaf niks om wat anderen denken.
7. Meghan: had geen andere vriendinnen.
8. Hutch: sprak sowieso niet met iemand op school.
9. En Jackson, waar het allemaal om ging: zei niets.

Dat was nog het moeilijkste van naar school teruggaan dit jaar. Dat ik Jackson weer zag. De herinnering aan hoe we elkaar vorig jaar op de eerste schooldag hadden gezien. Dat ik hem met zijn sproetige armen zijn rugzak zag oppakken, in het besef dat ik ze nooit meer zou aanraken. Dat ik hem zag zitten bij discussies, pratend met Kyle en Matt, alsof hij niet eens in de gaten had dat ik er ook was.

Op de tweede schooldag stond hij op een bepaald moment bij de lunch twee plaatsen achter mij in de rij. Ik was zo zenuwachtig dat ik mijn portemonneetje liet vallen. Al mijn geld rolde over de vloer. Ik moest mijn blad weghalen zodat anderen konden afrekenen. Terwijl ik het onder mijn arm liet balanceren, bukte ik me om ten minste de kwartjes op te kunnen rapen. Ik dacht dat ik stierf van ellende.

Niemand bood aan me te helpen.

Jackson keerde zich niet eens om.

Ik liet de centen en stuivers maar op de smerige tegelvloer liggen.

'Het was alsof hij niet eens wist dat ik bestond,' vertelde ik die middag tegen dokter Z. 'Alsof ik helemaal onzichtbaar was geworden. Alsof het feit dat hij me ooit gekend had uit zijn geheugen was gewist.'

'Had je met hem willen praten?' vroeg ze.

'Nee, ik wilde niet met hem praten,' zei ik snel. 'Wat denkt u? Zou hij tijdens de vakantie in een pod-robot[9] zijn veranderd?

Dokter Z gaf geen antwoord. Ze zegt bijna nooit iets als ik belachelijke dingen zeg.

'Gisteravond zei mijn moeder dat ze denkt dat hij sowieso nooit gevoelens heeft gehad en dat hij een vreselijke jongen is,' ging ik verder. 'Zij kwam hem met zijn moeder tegen op de markt op Pike Place en vond hem walgelijk sloom. Ze vroeg aan mij of zijn moeder iets aan haar neus had laten doen of dat ze altijd zo keek.'

'Hm-mm.'

'Maar ze heeft mevrouw Clarke nooit gemogen en zo doet ze altijd over iemand die gemeen tegen mij is geweest,' zei ik. 'Dat is een van de risico's van enig kind zijn. Dus ik weet niet of ik het wel met haar eens ben.' Terwijl ik dat zei, pulkte ik aan mijn nagels. 'Toen zei mijn vader: "Elaine, het is een puber," en begon door te zagen over hoe verscheurd en schuldig Jackson zich wel zou voelen en dat hij misschien alleen maar een pod-robot lijkt omdat hij innerlijk zo veel gevoelens heeft, dat hij niet weet hoe hij ermee moet omgaan.'

'Wat heb jij daarop gezegd?'

'Niets. Mijn moeder werd boos omdat ze vond dat mijn vader partij trok voor Jackson en toen zei pap dat hij helemaal geen partij trok. Dat was het hem nou juist. Hij bekeek het juist van álle kanten.'

'En?'

'Ik legde uit dat hij niet moest zeggen álle kanten maar béíde kanten, omdat het maar om twee mensen ging.'

Dokter Z glimlachte zowaar. Ik vind het leuk als ik haar zo ver krijg. Ze sloeg haar benen over elkaar en liet een van haar Birkenstock-sandalen aan een gesokte voet bungelen. 'Juist,' zei ze.

---

9 Pod-robot. Iemand die geen gevoelens of herinneringen heeft, maar die verder niet te onderscheiden is van een normaal mens. Vermoedelijk een buitenaards wezen; misschien een robot. Zie *Invasion of the Body Snatchers, The Puppet Masters, Westworld*, de *Terminator*-films, *The Stepford Wives* (beide versies), *Solaris* (beide versies) of *Village of the Damned*. (Er zijn ook een heleboel 'gevoelige' films waarin nepmensen emoties krijgen, zoals *Bicentennial Man, I Robot* en *A.I.: Artificial Intelligence*. Maar daar deed Jackson me niet aan denken.)

Trouwens, dokter Z is mijn psych. Ik ben bij haar terechtgekomen toen ik angstaanvallen kreeg. Ik ga twee keer in de week naar haar toe.

Ze is Afro-Amerikaans en draagt meestal alternatieve kleding, zoals bloezen van batikstof, kralenkettingen en een afgrijselijke gehaakte poncho. Ze heeft een bril op met een rood montuur. Haar praktijk is naast een winkelcentrum, in een gezondheidscentrum met allemaal huisartsen en tandartsen. Ze heeft hem heel knus ingericht.

Ik vind haar eigenlijk best aardig en het gaat ook beter met die angstaanvallen, maar soms erger ik me wild aan haar. Eerst was ik als de dood dat ze allerlei psych-achtige dingen over mij zou gaan opschrijven zodra ik haar spreekkamer verlaten had. Zoals:

Ruby Oliver, die zich liever druk maakt over grammaticale kwesties dan over haar emoties als haar vader het voor haar ex-vriendje opneemt,

of Ruby Oliver, die kleingeld laat liggen op de vloer van de mensa om symbolisch uiting te geven aan het verlies van bovengenoemd vriendje,

of Ruby Oliver, die lijdt aan het paranoïde waanidee dat bovengenoemd ex-vriendje werkelijk een pod-robot is,

of Ruby Oliver, die nog steeds een obsessie heeft voor haar ex-vriendje.

Maar inmiddels heb ik geleerd me daar niet druk over te maken. 'Ik ben al blij dat ik de eerste twee dagen ben doorgekomen zonder zo'n angsttoestand,' zei ik. 'Af en toe moest ik diep ademhalen, maar ik heb het niet op mijn zenuwen gekregen.'

'Mm-hm.'

'Vindt u niet dat ik een prijs of misschien wel een onderscheiding verdiend heb? Een medaille misschien, met mijn naam erin gegraveerd?'

'Op grond waarvan?'

'Dat ik niet alleen de eerste maar ook de tweede schooldag zonder zenuwinstorting ben doorgekomen.'

'Wil je dat ik je feliciteer?'

'Ja,' zei ik. 'Waarom niet?'

'Nou, gefeliciteerd dan, Ruby,' zei ze. 'Maar ik denk niet dat jij behoefte hebt aan mijn bevestiging. Het gaat erom dat jij je goed voelt.'

'Dat ik dat geld liet vallen was het ergste,' zei ik. 'Dat hij zich niet eens omdraaide.'

'Wat had jij dan gewild, Ruby?'

Ik had gewild dat hij me had gezien als een dame in nood, dat hij me te hulp was geschoten, mijn hand had aangeraakt en een golf van verlangen en spijt had gevoeld. Ik had gewild dat hij mijn benen in netkousen had gezien toen ik op de grond knielde om de kwartjes op te rapen. 'Niets,' zei ik. 'Ik voelde alleen hoe hij mij negeerde vanaf de andere kant van de ruimte. Alleen was het een ander soort negeren dan vorig jaar. Omdat Kim weg is, waarschijnlijk.'

'Uh-huh.'

'Ik heb vandaag last van Reginald,'[10] zei ik. 'Besteed er maar geen aandacht aan.'

'Ik besteed er wel aandacht aan,' zei dokter Z, terwijl ze een stukje Nicorette-kauwgum uit de verpakking drukte. 'Je hebt mijn volledige aandacht.'

Ik was in augustus zestien geworden. Mijn ouders hadden me mee uit eten genomen in een restaurant bij het water, waar ze erg lekkere gebakken courgettes maken en parapluutjes in de drankjes zetten. Van Meghan kreeg ik een doos met vijf kleurtjes lipgloss.

Dat was alles.

Maar ik had ook mijn rijbewijs gehaald. Op donderdagmiddag

---

[10] Ik noem het 'Reginald', maar dokter Z heeft liever dat ik praat over 'een rouwproces doormaken' of 'omgaan met het verlies van mijn leven zoals het was'. Van uitdrukkingen als 'rouwproces' ga ik over mijn nek.

hadden mijn ouders de auto niet nodig, dus na de afspraak met dokter Z reed ik het winkelcentrum naast haar praktijk binnen, sprong even uit de Honda om een bramensmoothie te kopen bij de yoghurtijskraam, stapte weer in en reed naar een sollicitatiegesprek voor een bijbaantje.

Er zijn niet veel leerlingen op Tate die na school moeten werken. Ze hebben het geld niet nodig. Finn Murphy, stud-muffin en ex-vriendje van Kim, staat achter de bar bij de B&O – die fantastische espressobar met superlekkere cakejes en batikkleedjes op de tafels – maar hij is verder de enige die ik ken met een studiebeurs.

Ik moest werken. En ik ging niet meer oppassen. Dat kind was een soort spuugmachine.

Woodland Park Zoo, waar ik op sollicitatiegesprek moest, is een ontzettend mooie dierentuin. De dieren zitten in een mooie, natuurlijke omgeving. Ze hebben een stageprogramma waarbij je een kleine vergoeding krijgt. Dan moet je stallen uitmesten, groepen scholieren rondleiden en je leert van alles over dierentuinen.

Ik parkeerde de auto en ging op zoek naar de administratie. Een vrouw in een lelijk bruin uniform, Anya, liet me binnen. Ik mocht op een harde klapstoel gaan zitten. 'Vertel eens, Ruby, wat voor werkervaring heb je?'

'Eigenlijk alleen oppassen,' zei ik. 'Dit zou mijn eerste, echte baan zijn.'

'En waarom wil je lid worden van ons team, hier in de dierentuin?'

Dokter Z had er erg achteraan gezeten dat ik iets anders zocht om mijn hoofd mee bezig te houden. Ik bedoel, ik zwem in de winter en hockey in de zomer, ik lees detectives en ik kijk veel te veel films, maar ik had eigenlijk geen *interesses* die mentaal energie van me vragen, zoals zij het noemde. Nu de school weer was begonnen, was ik gedwongen de godganse dag door te brengen op precies die plaats waar vorig jaar alle ellende was begonnen waarvan ik psychisch nog steeds in de war en angstig ben. Daardoor liep ik ernstig kans me in mijn vrije tijd constant te fixeren op dingen die Jackson ooit tegen me gezegd had, of te denken aan alles wat hij en Kim met elkaar doen of te piekeren over wat er gebeurd is en wat ik had kunnen doen om alles anders te laten uitpakken – of in elk geval hoe ik nog een greintje waardigheid had kunnen overhouden. En als ik zo loop te malen, krijg ik ineens angstgevoelens.

Dokter Z wil me dus wat afleiding bezorgen. Eerst zei ze dat ik maar eens moest denken over een hobby, iets creatiefs. Toen ik zei dat ik een bloedhekel heb aan dingen als breien, zei ze dat ze iets bedoelde waarmee ik mijn geest kon bezighouden.

'Ik ben geïnteresseerd in dieren,' zei ik tegen Anya, 'in hoe ze zich gedragen. Ik heb een boek gelezen, *Het geheime leven van honden*, over de manier waarop al die honden in dat huis met elkaar omgaan. Eén hond was het alfamannetje. Hij was de baas over alle anderen, maar als hij er niet was, gedroegen die andere honden zich heel anders.'

'O?'

'En ik heb gelezen dat er homofiele pinguïns zijn in een dierentuin in Berlijn. Een heel stel zelfs. Een van die pinguïnparen had een steen geadopteerd, in plaats van een ei. Daar gingen ze dan op zitten om hem warm te houden.'

'Ja, dat heb ik ook gelezen,' zei Anya, en ik vroeg me af of ze me een volslagen idioot vond. Ik bedoel, ik was echt geïnteresseerd in dit soort zaken, maar door het opsommen van een lijstje belachelijke feitjes zou ik niet echt geschikt lijken voor het uitmesten van een geitenverblijf of het beantwoorden van vragen over de voedselketen tijdens een rondleiding.

'Hebt u dat ook gelezen over die ijsbeer met een depressie?' babbelde ik verder. 'Dat was volgens mij in New York. Hij heette Gus en hij voelde zich zo ellendig alleen in zijn kooi dat hij een dwangstoornis kreeg en urenlang op en neer ging zwemmen, alsof hij niet meer kon stoppen.'

Ze zei niets.

'Ze hebben het opgelost door hem speelgoed te geven en zijn voedsel neer te leggen op moeilijk bereikbare plaatsen. Dan moest hij bijvoorbeeld een plastic pot openscheuren om bij de vis te komen die erin zat. En ze gaven hem ook pindakaas – overal waar ze het op smeerden, likte hij het eraf. Toen hij van alles had om zich mee bezig te houden, hield dat dwanggedrag op.'

'Ja, wij hebben hier ook speelgoed voor onze ijsberen,' zei Anya.

'Dat doet me eraan denken,' zei ik – want als ik eenmaal op dreef ben, ben ik niet te stuiten; wat dat betreft lijk ik wel wat op mijn moeder – 'dat doet me eraan denken dat dierentuinen een probleem zijn. Ik bedoel, ze zijn belangrijk voor het onderwijs, en ze zorgen ervoor dat mensen om dieren gaan geven, zodat er onderzoekers komen die ze willen bestuderen en dat mensen iets kunnen doen om te voorkomen dat ze uitsterven. Maar als de dieren depressief worden en het lijkt alsof ze in gevangenschap altijd moeite hebben om zich voort te planten, dan moeten dierentuinen ook iets heel naars hebben. Ik bedoel, *ik* zou knettergek worden als ik ergens zou worden opgesloten met een stel ijsberen die de hele dag naar míj staan te staren.'

Shit! Waarom moest ik dat nou allemaal zeggen? Straks ging Anya nog denken dat ik zo'n idioot ben die totaal tegen dierentuinen is en hier een baantje probeert te krijgen zodat ze stiekem de kooien kan openzetten en de ijsberen kan vrijlaten zodat die de bevolking van Seattle op kunnen gaan peuzelen.

Ze keek naar het sollicitatieformulier dat ik had ingevuld en tuitte haar lippen. 'Jij zit op Tate in de vijfde klas?' vroeg ze.

'Ja,' antwoordde ik, al leek dat nu niet veel zin meer te hebben.

'Een goede school. Vertel eens hoe het op school gaat.'

Ik kletste wat over de lessen Amerikaanse geschiedenis & politiek van vorig jaar en vertelde dat ik nu Amerikaanse literatuur ging doen, en probeerde tien minuten lang een niet al te domme indruk te maken. Toen namen we afscheid.

Toen ik thuiskwam stond er een bericht van Anya op het antwoordapparaat. Ik kon de stage krijgen als ik wilde en zaterdags gaan werken van twaalf tot zes, en vrijdags na school.

Ze zei dat ze de indruk had gekregen dat ik echt om dieren gaf en dat ze naar zo iemand op zoek waren.

Om het te vieren namen mijn ouders me mee op stap en trak-

teerden me op een ijsje. Mijn vader noemde me steeds Dierenop-
passer Roo. Daarna las ik 's avonds *Het verborgen leven van honden*
nog eens.

Toen ik het licht uitdeed, had ik al bijna vier uur lang niet aan
Jackson gedacht.

3. Jouw zaken zijn onze zaken: dat beloven we

Wij zijn je vriendinnen en ál jouw zaken gaan ons aan!

Grapje!

Natuurlijk heb je recht op privacy.

Maar in het kader van het streven naar onmisbare kennis over de mannelijke soort beloven ondergetekenden plechtig in dit boek elk brokje relevante informatie over het onderhavige onderwerp te onthullen. Dat wil zeggen dat als jij iets hebt ontdekt over jongens en daar een verklaring voor hebt die het vrouwdom van nut kan zijn, je dat opschrijft in dit boek.

Hoe pijnlijk het ook is.

Als je bijvoorbeeld hebt ontdekt:

1. Hoe de lagere regionen op een fatsoenlijke, subtiele manier te doen zijn.
2. Waarom sommige jongens het cool vinden om dronken te worden.
3. Waarom ze zich anders gedragen als hun vrienden erbij zijn.
4. Wat ze over ons zeggen als wij er niet zijn.
5. Wat ze dóén als wij er niet zijn.
6. Waarom ze niet willen dansen op een dansfeest. (Hallo! Het is een dansfeest!)
7. Waarom ze niet bellen als ze dat beloofd hebben.
8 Waarom ze zich niet scheren als ze zo'n afschuwelijke donssnor hebben.
9. Waarom ze niet over gevoelens willen praten.
10. Waarom ze kauwen met hun mond open.

Wij moeten het weten! En jij moet verslag uitbrengen. Wij beloven alle relevante informatie te onthullen.

Eensgezind ondertekend door Kanga, Roo, Cricket en Nora

– geschreven door ons allemaal. Vermoedelijk tijdstip: oktober in de vierde klas.

De ochtend nadat ik het baantje in de dierentuin had gekregen, was er een bericht van Noel in mijn mailbox. Verzonden 12.34 uur:

Hulpactie voor de joekels van Van Deusen

Neen, deze zeldzame doch sterke reuzenexemplaren worden niet in hun voortbestaan bedreigd. Ze gedijen uitstekend in hun natuurlijke habitat en genieten er alle noodzakelijke steun.
hihihi
nou ja
De joekels van Van Deusen worden ondersteund met bustehouders en wat er verder nog meer nodig is voor hun dagelijks onderhoud. Het probleem is de ongeoorloofde vermenigvuldiging en mogelijke verspreiding van hun beeltenis en die van hun eigenaresse, uitsluitend gehuld in een doorweekt blauw katoenen bikinislipje.
Geef voor het goede doel. Alles wordt direct ingezet voor de opsporing van de gewraakte beelden. Voorgestelde goederen die het comité dankbaar in ontvangst zal nemen zijn:
- verrekijkers
- tekenmateriaal
- soldatenkistjes
- een infraroodbril
- en zure tongen

Ik antwoordde vanaf de computer van mijn vader terwijl ik een mueslireep at.

Wat vind je van Joekelsbevrijdingsfront in plaats van comité? Klinkt stoerder. We zouden een tekenfilm kunnen maken voor op de zaterdagochtend: het J.B.F.! *– en in het hele land joekels in nood kunnen gaan redden. We zouden net zo'n lichtbaken kunnen maken als Batman, alleen zou dat van ons eruitzien als – nou ja, je begrijpt wel wat ik bedoel.*

PS Hebben we eigenlijk een plan? Tekenmateriaal heb ik wel.

En Noel antwoordde:

*Plan is in de
hm
planningsfase.
Heb enorme hoeveelheden zure tongen ingeslagen.
We hebben alleen nog een bril nodig.*

'Roo, je hebt de auto te ver van de stoeprand gezet.' Mijn moeder keek uit het raam van onze woonboot en maakte haar inschatting op zo'n honderd meter afstand.

'Niet waar.'

'Jawel. Dat doe je altijd. Parkeren is een van je zwakke punten als chauffeur.'

Behalve *performance artist* is mijn moeder ook parttime bureauredacteur. Dat doet ze thuis. Dus ze is er heel vaak. Helaas.

'Vind je niet dat je wat positiever moet zijn over Roo's rijkunsten?' zei mijn vader, terwijl hij cornflakes in een kommetje strooide en het raam uit keek. 'Keurig geparkeerd, Roo.' Sinds hij in *Opvoeden tot mondigheid* heeft gelezen dat hij mijn zelfachting moet stimuleren, geeft hij me voortdurend loze complimentjes.

'Je kan de Honda van daaruit niet eens zien,' zei ik.

'Ik zie genoeg om te weten dat jij hem netjes hebt neergezet,' zei mijn vader.

Meghan stopte met haar jeep bij de ingang van het havendok. Ik vluchtte naar buiten.

'Koffie?' Met een klap trok ik het portier dicht en gooide mijn rugzak achter mijn stoel.

'Natuurlijk.' Ze reed naar de Starbucks drive-in een paar straten verderop en bestelde twee vanillecappuccino's om mee te nemen.

'Gisteren kreeg ik een mailtje van Bick,' zei Meghan, terwijl we weer vertrokken en de snelweg optreden. 'Eindelijk is zijn nieuwe account van de universiteit in orde.'

'Wat schreef hij?'

'Op de een of andere manier had ik meer verwacht,' zei ze. 'Ik bedoel, hij belt me elke dag en hij zegt dat hij me mist en zo, maar het mailtje ging alleen maar over feesten en over alle colleges die hij heeft. Dat wist ik allemaal al.'

'Ach, misschien is het geen schrijver,' opperde ik. 'Sommige jongens zijn niet goed in schrijven.'

'Ik heb behoefte aan iets waar ik steun aan heb. Wat ik nog eens kan lezen als ik hem erg mis. Maar als ik dit nog eens lees, voel ik me nog niet beter.' Ze liet haar stem dalen en deed Bick na: 'Ik lag pas om drie uur in bed en nu heb ik een houten kop. Moet nu weg, anders krijg ik geen ontbijt meer in de mensa.'

'Bla, bla, bla,' zei ik.

'Hij komt met Thanksgiving naar huis,' zei Meghan. 'Nog maar tweeënhalve maand. En dan met Kerstmis en de voorjaarsvakantie. Volgend jaar kan ik me inschrijven op Boston College of misschien op Tufts. Dan kunnen we bij elkaar zijn.'

'Waarom schrijf je je niet in op Harvard?'

'Daar word ik nooit toegelaten. Ik was vorig jaar veel te slecht in Duits. Bovendien, ik ben iemand voor wie relaties het belangrijkste zijn,' zei Meghan. 'Ik bedoel, ik ga wel studeren – natuurlijk ga ik studeren – maar ik vind het veel belangrijker om bij Bick te zijn. Onze liefde is het belangrijkste. De rest komt op de tweede plaats, vind je ook niet?' Ze hield even in om haar middelvinger op te steken naar de chauffeur van een bestelbusje die haar net afsneed.

Ik voelde me verscheurd tussen een gevoel van jaloezie dat Meghan een echt vriendje had – een vriendje dat haar elke dag belde en een langeafstandsrelatie wilde hebben totdat zij naar Cambridge kon komen – en een pessimistisch, bitter gevoel over haar situatie. Misschien had ik het hierover moeten hebben in mijn therapie.

Ik bedoel, zou een persoon (ik) met een erkend geestelijke

goede gezondheid niet optimistisch moeten zijn? Zo iemand zou toch vertrouwen moeten hebben in wat Bick gezegd had en wat Meghan gezegd had en moeten geloven in de kracht van jonge liefde?

Maar ik kon de gedachte niet van me afzetten dat

1) Jonge liefde dwaas en maar al te vaak wreed was.
2) Bick een buitengewoon lekker ding was, op een rugby-, warrig-haarachtige manier. Er was een goede kans dat er op Harvard een schrijnend gebrek was aan zulke hotte types. Hij zou aan allerlei verleidingen worden blootgesteld. Sexy, intellectuele meisjes uit Harvard zouden zich aan zijn voeten werpen, terwijl Meghan het moest doen met de jongens die we al sinds de kleuterschool kenden.
3) Achter haar liplikkende, sexy uiterlijk is Meghan niet dom. Ze haalt hoge cijfers. Ze zingt in het schoolkoor. Ze loopt hard en is supergoed in golfen. Is het dan gek dat ik zou willen dat zij zichzelf niet zag als iemand voor wie 'relaties het belangrijkste' waren? Ze gedroeg zich helemaal als die vrouwen uit de jaren vijftig die we het vorig jaar hadden behandeld bij Amerikaanse geschiedenis & politiek: intelligente, talentvolle vrouwen, die hun ambities lieten varen om zich helemaal aan te passen aan de man met wie ze trouwden.
4) Aan de andere kant, als relaties het belangrijkste voor haar waren, waarom zou ze dan niet gewoon haar gang gaan, als zij daar gelukkig van werd? Misschien ging het mij helemaal niet om politiek en was ik gewoon jaloers.

'Ik weet zeker dat jij wel naar Harvard kunt,' zei ik. 'Als je wilt, moet je het zeker proberen.'

'Ik weet niet,' zei Meghan. 'Volgens Bick zijn de meisjes daar superslim.'

'Ik durf nog niet eens aan studeren te denken,' kreunde ik. 'Ik ben al blij als ik weer een dag op Tate overleef.'

Op donderdag lag er in de pauze na het tweede uur een briefje in mijn schoolkastje. Toen ik het zag, begon mijn hart te bonzen.

Van Nora misschien? Ik had het gevoel dat zij minder boos op me was dan Cricket.

Meghan? Waarschijnlijk niet. We hadden zojuist samen wereldstudies gehad.

Noel?

Toen ik het pakte, zag ik dat het was geschreven op lichtgroen papier dat me erg bekend voorkwam. Bovendien was het in vieren gevouwen. Zo vouwde hij alles wat hij schreef.

Het briefje was van mijn ex, Jackson Clarke.

Vorig jaar legde Jackson de hele tijd briefjes in mijn kastje. Grappige dingetjes die hij had geschreven als hij in de klas zijn tijd zat te verdoen of de avond tevoren, voordat hij naar bed ging.

Meestal lag er bij de lunch iets op me te wachten in mijn kastje. En hoewel we aan de telefoon ruziemaakten en er tegen het eind zo veel kleine dingen waren die maakten dat ik me tegenover hem onzeker en overgevoelig voelde – die briefjes waren altijd heel prettig geweest. Hij schreef graag en kon leuke spotprenten tekenen. Hij had een blauwzwarte lievelingspen.

Hij wist hoe hij me aan het lachen kon maken.

En later, toen ik zijn in vieren gevouwen groene briefjes in Kims schoolkastje zag liggen, draaide mijn maag zich al om als ik eraan dacht. Alsof hij iets gepakt had dat alleen van ons tweeën was en het aan mijn opvolgster had gegeven.

In het midden van alle verschrikkingen in de vierde stond ik op een dag in mijn eentje bij de schoolkastjes. Ik was te laat, dus er was niemand meer in de gang.

In Kims kastje lag een briefje van Jackson.

Ik weet dat het helemaal fout is en ook gestoord, maar ik pakte het briefje en schoof het in de zak van mijn spijkerbroek. Het voelde aan alsof het een gat in mijn been brandde. Ik rende vlug naar de meisjes-wc om het te lezen.

K-
Ik zit bij wereldstudies en kijk uit het raam.
Ik zie dat jij te laat bent omdat je een roze koek bent gaan kopen.
Je loopt over het binnenhof en likt aan het glazuur.
Ik vind het leuk hoe je tong eruitziet als je likt.
Ik vind het leuk hoe je loopt,
alsof je het fijn vindt hoe het gras je blote voeten in je sandalen kietelt.
Het is net alsof je nu bij me bent,
terwijl Kessler een s.o. uitdeelt
en ik niks heb voorbereid, omdat
ik gisteravond bij jou was.

Tranen rolden over mijn gezicht en ik moest wel twintig minuten op de wc blijven zitten. Ik snoot mijn neus, spoelde mijn wangen af met water en deed lipgloss op. Dan begon ik weer te huilen en moest ik weer van voren af aan beginnen.

Ik vond het zo oneerlijk. Ik zag dat briefje in het handschrift van Jackson, dat briefje dat hij met zijn blauwzwarte pen had geschreven, het briefje dat nog maar een maand geleden aan mij zou zijn gericht, en wist dat het niet voor mij was.

Ik wist dat ik nooit meer zo'n briefje zou krijgen, nooit meer.

En nu had ik er toch een. We hadden elkaar sinds eind maart niet gesproken, en hier in mijn hand had ik een briefje. Ik vouwde het open.

Zag je gisteren uit de verte bij Northgate.
Bewijs: je dronk een paarse smoothie.
Toen stapte je in de Honda en reed weg, met een officieel rijbewijs, ja

jij.
Gefeliciteerd (veel te laat) met je verjaardag.
Jackson

Op dat moment – en ik weet dat dit totaal mesjogge is – miste ik Kim vreselijk. Tegen Kim had ik altijd alles verteld. Zij had de briefjes van Jackson uitgeplozen, zijn cadeautjes geanalyseerd en geluisterd naar alle details van de ruzies die wij gehad hadden.

Vorig jaar zouden Kim, Nora, Cricket en ik de hele lunchpauze gediscussieerd hebben over de mogelijke betekenissen van Jacksons briefje. Daarna zouden we een nieuw stukje hebben geschreven in *Het jongensboek* – misschien zelfs een paar nieuwe stukjes.

Met Noel kon ik niet praten. Hij was een jongen. Bovendien zat hij bij Jackson in het mountainbiketeam. Ze mochten elkaar niet erg, dus hij zou niet objectief zijn. Daarom klampte ik een uur later, voordat we het vierde lesuur Amerikaanse literatuur kregen, Meghan aan.

'Jackson heeft me een briefje geschreven,' fluisterde ik, terwijl de leraar[11] zat te klungelen om zijn laptop op een projectiescherm aan te sluiten. Hij stond te popelen om ons een paar websites te laten zien over Boston in de koloniale tijd en over puriteinse vrouwen, als voorbereiding op het lezen van *De rode letter*.[12] Maar hij had niet zo veel verstand van techniek en waarschijnlijk was er iemand van systeembeheer onderweg om hem te komen helpen.

'Wat stond erin?' fluisterde Meghan.

---

[11] Meneer James Wallace is eigenlijk mijn lievelingsleraar. Hij komt uit Zuid-Afrika en heeft een sappig, afgemeten accent. Hij is ook coach van het zwemteam en heeft een indrukwekkende schouderpartij. Normaal zou ik bij hem in de les niet fluisteren, maar dit was duidelijk een emotionele noodsituatie.

[12] *De rode letter* van Nathaniel Hawthorne. Het gaat over een vrouw die overspel heeft gepleegd en voortdurend een rode letter, de A van *adultery* – overspel – op haar borst moet dragen om tegenover iedereen duidelijk te maken dat ze zich te schande heeft gemaakt. Niemand praat meer met haar. Ze raakt al haar vrienden kwijt. En dan laat die vent die met haar naar bed is geweest haar zitten en doet alsof er nooit iets gebeurd is. Ik hoef je niet te vertellen dat ik het een prachtig boek vond.

'Gefeliciteerd.'

'Ben je jarig?' lachte Meghan. 'Nee, wacht eens, ik heb je in augustus iets gegeven. Lipgloss.'

'Hij zag me een keer in de auto rijden, dus had hij begrepen dat ik zestien was geworden.'

'Wat lief!' Meghan heeft totaal geen oog voor de subtiliteiten en eigenaardigheden van menselijke tragedies. 'Toen ik zestien werd,' zei ze, 'bracht Bick 's ochtends om een uur of zes een groot boeket rozen naar mijn huis en zette die in een vaas bij mijn slaapkamerdeur. Hij had het van tevoren met mijn moeder geregeld.'

Ik zei niets. Bick, Bick, Bick.

'Echt iets voor hem,' zei Meghan en richtte haar aandacht op de website van het Historisch Genootschap van Boston die inmiddels op het scherm van Wallace was verschenen.

Bij de lunch was Jackson nergens te bekennen. Leerlingen uit de zesde klassen rijden vaak de stad in om bij Dick's Drive-In of ergens anders te gaan lunchen. Nora zat bij Cricket en Katarina, die iets met die valse Cabbie had gehad vlak nadat hij in de bioscoop in mijn borst had geknepen. Waarschijnlijk had ze hem in de zomer gedumpt.

Ik zat bij Meghan, at mijn rozijnensalade met dressing en luisterde naar haar verhalen over Bick.

Bla bla bla.

Maar toen ik zag dat Nora opstond en haar rugzak pakte, terwijl Cricket en Katarina bleven zitten, bracht ik mijn dienblad weg.

'Nora, wacht even.' We waren in de hal van de mensa.

'Hé Roo.' Ze lachte. Een goed teken.

Ik had het gevoel dat ik nu even een babbeltje moest maken. Haar vragen hoe de rest van de zomer was geweest, praten over de vakken die ik deed. Maar ik kon het niet. 'Mag ik je iets laten zien?'

'Ja hoor. Wat?'

'Laten we even naar buiten gaan.'

Buiten was het bewolkt – in Seattle is het bijna altijd bewolkt – maar warm. We gingen op het binnenhof in het gras zitten. Ik haalde het briefje uit mijn zak.

Nora pakte het en las het in stilte. Toen zei ze: 'Waarom laat je me dit zien?'

Ik wilde weer vrienden zijn.

Ik wilde haar vertellen over het Joekelsbevrijdingsfront – zodat ze zou lachen en me dankbaar zou zijn.

Ik wilde dat ze alle dingen zou noemen die volgens haar in het briefje stonden en alle dingen die er niet in stonden, op die typische manier van Nora.

Ik wilde dat ze tegen me zou zeggen dat ik terug moest schrijven. En wat ik moest terugschrijven.

Alsof er nooit iets vreselijks was gebeurd tussen haar en mij.

Alsof Kim zomaar een meisje was dat iets met Jackson had en niet haar vriendin.

Ik dacht dat het allemaal wel duidelijk was. En ik denk dat ik ook dacht dat ze dat zou doen. Gewoon, als vanzelfsprekend, omdat ik Roo was en zij Nora.

'Kim wordt razend als ze dit hoort,' mompelde Nora en wachtte mijn antwoord niet af.

'Ik heb het je niet laten zien omdat ik wil dat je het tegen Kim vertelt,' zei ik terwijl ik het briefje weer pakte.

'Roo...'

'Het is alleen maar een felicitatie.'

'Waarom laat je het me dan zien?'

'Ik...'

'Als Jackson vreemdgaat of er alleen maar over denkt, dan moet ik dat tegen Kim vertellen. Dat is vriendschap. Dat hebben we beloofd.'

'Waarom zou je haar overstuur maken om niks? Hij komt echt niet bij me terug.'

'O nee?' Nora keek me aan. 'Roo, dan begrijp ik niet wat dit te betekenen heeft. Waarom betrek je mij hierbij?'

'Dat doe ik niet.' Ik had het gevoel dat ik ging huilen.

'Dat doe je wel,' zei ze. 'Je stelt mij voor de keus te liegen tegen Kim of aardig te zijn tegen jou. God, soms lijkt het wel alsof jij geen enkel benul hebt van hoe mensen reageren op wat je doet.'

'Ik dacht...' Wat ik ook ging zeggen, ik zou toch alleen maar overkomen als een zielige leproos.

'Je dacht wat?'

'Ik dacht dat we erover zouden kunnen praten,' zei ik. 'Zoals we vroeger over van alles praatten. Ik had behoefte aan iemand die het zou begrijpen.'

'Kijk eens, Roo,' zei Nora, terwijl ze opstond. 'Ik kan er niks aan doen dat jij gek bent op Jackson. Dit is een vrij land. Je mag gek zijn op iedereen die je wilt.'

'Ik ben niet gek op hem.'

'Wat maakt het uit. Het lijkt anders van wel.'

'Nee.'

'Ik wil alleen maar zeggen dat jij kunt doen wat je wilt. Ik kan je niet tegenhouden. Maar je kunt niet het vriendje van iemand anders afpikken en verwachten dat anderen je dan leuk vinden. En je kunt mij niet dwingen om partij voor je te kiezen, want daar pas ik voor.'

Ik dacht dat ze zich zou omdraaien en zou weglopen, maar dat deed ze niet. Ze bleef staan en keek naar me alsof ze verwachtte dat ik nog iets ging zeggen.

'Ik weet niet meer of wij nog vriendinnen zijn,' zei ik ten slotte. 'Jij en ik.'

'Ik weet het ook niet,' zei ze bijna fluisterend.

'Ga je Kim vertellen van dat briefje?'

'Ik weet het niet.' Nora plukte aan haar nagels. 'Ik wou dat je me niet in deze situatie had gebracht.'

'Sorry.'

'Wat is er eigenlijk tussen jullie tweeën?'

'Tussen mij en Jackson? Ik praat nooit met hem. We zeggen elkaar niet eens meer gedag sinds juni.'

'Echt waar?'

'Echt waar.'

'Nou ja,' zei ze. 'Misschien moet je maar bij hem uit de buurt blijven.'

'Misschien wel,' antwoordde ik.

'Ik heb zo les,' zei Nora met een zucht.

'Ja, ik ook.'

En daar lieten we het bij.

Toen ik er later over nadacht, besefte ik dat Nora mij vertelde wie ik leuk moest vinden en wat ik moest doen, ook al was dat volgens haar niet zo. 'Alsof ze zei dat we weer vriendinnen konden worden als ik maar bij Jackson uit de buurt bleef,' legde ik uit aan dokter Z op onze donderdagmiddagafspraak.

'Hm mm.'

'Denkt u dat ze het aan Kim vertelt?' vroeg ik.

'Ik zou het niet weten.'

'Denkt u dat ze het aan Cricket vertelt? Want dan vertelt Cricket het aan Kim.'

'Roo,' zei dokter Z, terwijl ze een beetje naar voren leunde. 'We weten niet wat andere mensen gaan doen. Jij moet bedenken wat jíj wilt. Wat jíj kunt doen om de situatie zo te krijgen zoals jij hem hebben wilt.'

'Ik zou het aan Kim kunnen vertellen,' zei ik. 'Ik heb haar e-mailadres.'

'Wil je dat?'

'Ik heb het gevoel dat ik dat zou móéten doen. Dat hebben we met elkaar afgesproken toen we *Het jongensboek* schreven. We zouden elkaar alles vertellen. Zelfs na alles wat er gebeurd is. Als mijn vriendje briefjes naar andere meisjes schreef, zou ik ook willen dat mijn vriendinnen het aan mij vertelden.'

'Je wilt je houden aan de regels uit *Het jongensboek*?'

'Ja,' zei ik. 'Alleen zou ik ook niet tegen de spanning kunnen, bij de gedachte dat mijn hypothetisch vriendje-op-afstand vreemd zou gaan. Ik zou er finaal gek van worden, ook al was er waarschijnlijk geen enkele reden om daar bang voor te zijn. Ik bedoel, Kim zit in Tokyo. Ze kan helemaal niets doen.'

'Wil je nu zeggen dat het misschien niet zo aardig is om het haar te vertellen?'

'Vandaag wilde ik haar een mailtje sturen. Ik begon te typen, maar toen heb ik het weer weggegooid.'

'Dat klinkt alsof je het haar wilt vertellen.'

Ik was even stil. 'Ik wil eigenlijk dat ze het weet.'

Stilte bij dokter Z.

'Omdat – ik denk dat ik wil dat zij weet dat hij mij nog steeds leuk vindt. Het lijkt wel alsof Kim alle macht heeft. Zij heeft Jackson, zij heeft Cricket, zij heeft Nora, zij heeft iedereen. Het enige wat ik heb en zij niet is dat briefje.'

'Ik snap het.'

'Het is dus niet uit aardigheid dat ik het haar zou vertellen. Het komt eigenlijk uit een slecht, gemeen hart.'

'Ik denk niet dat jij een slecht, gemeen hart hebt, Ruby.'

'O nee?' zei ik. 'Dan denk ik dat u me nog niet zo goed kent.'

Ik vertelde het niet tegen Kim. Tenminste, toen niet. Wat ik wel deed toen ik thuiskwam, was Noel het volgende mailtje sturen:

Update Joekelsbevrijdingsfront

Missie afgebroken! Missie afgebroken!

De joekels willen kennelijk voor zichzelf zorgen en hebben geen behoefte aan onze hulp. Bovendien is het al een paar dagen geleden en als Cabbie nu nog geen foto's mee naar school heeft genomen, doet hij het waarschijnlijk niet meer.

Met vriendelijke groeten, wereldwijde solidariteit met en bescherming van joekels,

Geheim Joekel-Agent Roo.

Tien minuten later kreeg ik een mailtje terug.

Wat te doen met de overtollige zure tongen en het tekenmateriaal?
– GJAN (Geheim Joekel-Agent Noel)

Dat vind ik zo leuk aan jongens (soms).

Ze vragen je niet waaróm Nora's joekels voor zichzelf willen zorgen. Ze lezen niet tussen de regels door en zeggen dan: 'Hoezo, heb je ruzie gehad met Nora?'

Ze negeren die dingen, of ze zien ze niet, en proberen dan te bedenken wat je volgende missie wordt.

4. Wat draag je als er wel eens iets zou kunnen gebeuren?

1. Een bloesje met knoopjes aan de voorkant, om voor de hand liggende redenen.
2. Een bh met voorsluiting. Ook om voor de hand liggende redenen.
3. Parfum, maar niet over je hele nek. Alleen achter je oren en op je polsen, want als je het op je nek doet, smaakt je nek smerig. Dus nogmaals: niet op je nek.
4. Lipgloss – maar geen felrode lip*stick*. Anders kom je er alle twee onder te zitten.
5. Geen ringen. (Een advies van Cricket. Volgens haar heeft het iets te maken met uitstapjes naar de lagere regionen, maar ze weigert dit verder uit te leggen aan degenen van ons die niet weten waar ze het over heeft.)
6. Geen gympen. Die kunnen gaan stinken, zelfs bij de beste van ons. Als het erop uitdraait dat je je schoenen uitdoet, wil je niet hoeven op te staan om ze in een andere ruimte neer te gaan zetten.
7. Wat je ook doet, trek nooit een jurk aan. Want als je niet de lagere regionen bezoekt, maar hem wel toelaat tot de hogere regionen, dan is een jurk een serieuze barrière. Je kunt natuurlijk de achterkant openritsen en hem omlaag trekken, maar dat staat weer zo lullig. Laat je jurk dus in de kast.
   PS Neem kauwgom of mintsnoepjes mee. Geen bubbelgum.

– geschreven door Kim en Roo, met een aanvulling over de lagere regionen van Cricket. Vermoedelijk tijdstip: februari in de vierde klas.

De volgende dag trok ik een jurk aan naar school. Een vintageding, marineblauw, met geborduurde roosjes langs de zoom van de rok. Ik droeg ook een paar oude Converse-gympen, twee ringen, een bh met rugsluiting, rode lipstick en parfum in mijn nek. Ik kauwde op bubbelgum.

Ik was onaanraakbaar.

Ik had Jackson niet meer gezien sinds hij dat felicitatiebriefje in mijn schoolkastje gelegd had, behalve vanuit de verte. Ik had hem zes briefjes en twee mailtjes teruggeschreven, maar de briefjes had ik verscheurd en de mailtjes had ik gedeletet zonder ze te versturen. Want wat kon ik schrijven?

'Bedankt voor je felicitatiebriefje?' Veel te formeel.

'Zijn jij en Kim uit elkaar?' Hopeloos uiteraard en tamelijk agressief.

'Ik houd niet van je, ik houd wel van je, ik houd niet van je, ik houd wel van je.' Waar. Maar slap.

Ten slotte wist ik wat ik zou schrijven. (Ja, ik wist wel dat ik níéts moest schrijven. Ik wist wel dat het getuigde van volwassen gedrag om deze smeekbede om vergeving en aandacht te negeren. En van moreel goed gedrag om niet te gaan flirten met het vriendje van iemand anders.

Maar ik kon het niet.

Het ging om Jackson Clarke. En het was mijn gevoel.)

Dus schreef ik: 'Een bramensmoothie is het enige drankje dat de moeite waard is', en legde dat in zijn schoolkastje.

Maar er gebeurde niets tussen ons. We spraken niet meer met elkaar en ik trok met opzet een heel verkeerde outfit aan.[13]

---

[13] 'Het klinkt alsof je je had opgetut,' zei dokter Z later.
'Neen,' zei ik. 'Het was juist een anti-ik-wil-iets-outfit. Juist iets wat je niet moet aantrekken als je iets met een jongen wil.'
'O.' Dokter Z was even stil. 'Een heleboel mensen zouden juist zeggen dat rode lipstick, jurken en parfums aantrekkelijk zijn.'
'Het was een anti-Jackson-outfit,' hield ik vol. 'Zodat er niets kon gebeuren naar aanleiding van dat briefje dat ik hem stuurde.'
'Denk je dat hij dat ook wist?'
'Hm. Neen. Het was meer een soort zelfbescherming,' zei ik. 'Een soort van bewijs dat ik niks verkeerds deed.'
'Eh, hm.' Dokter Z sloeg haar benen over elkaar.
'Wat?'
'Ik luister alleen maar, Ruby,' zei dokter Z.
Ik wist niet wat ik nog meer moest zeggen. 'Ik zag er best leuk uit,' gaf ik uiteindelijk toe. 'Normaal heb ik geen lipstick op.'

Later keek ik in de mensa uit naar Jackson, maar ofwel we hadden op vrijdag niet op dezelfde tijd lunchpauze ofwel hij was ergens anders gaan eten. Toen we voor de lunch in de rij stonden zei Nora me gedag, maar ik durfde haar niet in de ogen te kijken. Na school kwamen we met het zwemteam bij elkaar – voor het eerst dat jaar – en daarna ging ik in mijn schoolkastje kijken of Jackson had teruggeschreven.

Er lag een zure tong in.

Op zaterdag begon ik als stagiaire te werken bij Woodland Park Zoo. Anya gaf me een rondleiding. Van negen tot elf moest ik met een poloshirt van de dierentuin aan bij de kinderboerderij gaan staan om vragen te beantwoorden. Ik kreeg een papier waarop de namen stonden van alle dieren, plus informatie over hun voedingsgewoonten. Een andere stagiaire hielp kinderen voer uit de voerdispensers te halen.

De koe heette Maggie, de lama's heetten Laverne en Shirley en de geiten hadden belachelijke namen als Rasputin, Napoleon en Queen Anne. Anya vertelde dat ik volgende week vrijdag na school een training zou krijgen met meer informatie over de kinderboerderij. Om elf uur moest ik me melden bij een tuinman, Lewis, om hem te gaan helpen bij tuinklusjes.

Lewis was een magere man met blondachtig haar en een armzalig, iel snorretje. Hij liet me bloemen planten bij de ingang van de dierentuin. Hij raakte helemaal door het dolle heen toen ik hem vertelde dat mijn vader eigenaar was van het eenmansbedrijfje *Terrastuinieren in potten voor de liefhebber van zeldzame bloemen*.

Na een lunchpauze van een uur moest ik me om twee uur weer melden bij Anya. Van haar hoorde ik dat ik, omdat ik zo'n vlotte spreker (!!) was, een training zou krijgen om op zaterdagmiddagen achter de microfoon te staan bij het voeren van de Humboldtpinguïns. Die training was pas volgende week en daarom gaf Anya me nu een rondleiding door de rest van de dierentuin. Uiteindelijk kwamen we bij het pinguïnverblijf, een donkere, koele ruimte, waar pinguïns rondwaggelden en in het water kletterden. Anya liet me de cabine zien waar de geluidsapparatuur stond.

'Met dat karretje rij je de apparatuur naar buiten en dan zet je die in deze hoek,' zei ze al wijzend. 'Als de oppassers komen, lees je van een script dat je van ons krijgt wat leuke feitjes op over de dieren. Ik weet dat je geïnteresseerd bent in pinguïns,' zei ze met een blik die leek te zeggen dat ik misschien wel voornamelijk belangstelling had voor de seksuele geaardheid van pinguïns. 'Ik denk dat dit deel van het werk je veel voldoening zal geven.'

'Absoluut,' zei ik. 'Ik ben helemaal gek op pinguïns.'

'Je hebt een fan,' zei ik tegen mijn vader toen ik die avond thuiskwam. Samen met Hutch was hij in de kas aan de zuidkant van onze woonboot bezig met een stel lelijke struiken.

'Ik heb een heleboel fans,' grinnikte pap.

'Welnee.'

'Ja echt,' riep Hutch uit. 'Mensen schrijven hem brieven met allerlei vragen.'

'Ik ben de Angus Young van het tuinieren in potten,' zei mijn vader.[14]

'Ach nee,' riep Hutch. 'Je bent veel meer Brian Johnson.'[15]

'Vind je?' vroeg mijn vader gevleid. 'Ik weet het niet. Die kerel van *Minirozen voor een Minituin* is een geduchte concurrent.'

'Geen vergelijking. Een lege doos in een mooie verpakking. De Sammy Hagar van het tuinieren in potten, en dan mag hij nog blij zijn.'[16]

---

[14] Angus Young: de leadgitarist van de band AC/DC, bekend vanwege de korte, fluwelen broek en het colbertjasje dat hij op het toneel droeg, net als een Engelse schooljongen. AC/DC is een oude heavy metal band, waar mijn vader in zijn jeugd gek van was. En eigenlijk nog steeds is.

[15] Brian Johnson: de leadzanger van AC/DC.

'Die man in de dierentuin was helemaal opgetogen toen hij erachter kwam dat jij mijn vader was,' zei ik. 'Hij doet de aanplantingen en ik heb hem geholpen wat spul bij de ingang neer te zetten.'

'Echt?' Mijn vader keek geïnteresseerd. 'Wat hebben ze daar gepoot?'

'Ik weet het niet. De plantjes waren nog niet in bloei.'

'Weet je niet wat je geplant hebt? Hoe kun je nou niet weten wat je geplant hebt?'

Ik haalde mijn schouders op. 'Ik heb geplant wat hij me gaf.'

'Roo.'

'Wat is er?'

'Niets,' zei hij. 'Denk eraan dat we vanavond bij Juana gaan eten.'

Juana Martinez is de beste vriendin van mijn moeder. Ze is van Cubaanse afkomst, schrijft toneelstukken en heeft vier ex-mannen en dertien honden. Haar zoon Angelo zit een klas hoger dan ik, maar dan op Garfield, een openbare school. We leven dus in een ander universum.

Angelo en ik hebben wel iets van een verleden samen. Een heel klein beetje. Ergens het vorig jaar, midden in het Lentefeestdebacle, toen ik bloemen van hem kreeg, heb ik hem op zijn wang gekust om hem te bedanken. Toen hij mij op mijn wang terug zoende, liep er een rilling over mijn rug – maar dat was midden op een feest en er waren allerlei vreselijke dingen aan de hand met Jackson en mij (en ook nog met bijna alle anderen), dus meer is er nooit van gekomen.

Ik had hem sinds die avond niet meer gezien. We waren nog wel eens bij Juana gaan eten, omdat we altijd bij Juana gaan eten, maar Angelo woont voor een deel bij zijn vader en hij was een paar maanden assistent-leider geweest van een zomerkamp op de San

---

16 Sammy Hagar: nog zo'n ouwe rocker. Zo mogelijk nog minder cool dan de anderen. Hij was een tijdje leadzanger van Van Halen en beroemd vanwege de song 'I can't drive 55.' (Idioot hè, dat ik dit soort dingen weet. Dat komt door mijn vader.)

Juan-eilanden. Bovendien was ik veel weg geweest in juli en augustus, dus hadden we geen tijd gehad om elkaar tegen te komen.

'Moet ik mee?' vroeg ik binnen aan mijn moeder.

'Ja.'

'Waarom? Ik heb een hele vracht huiswerk.'

'Het is weekend, Roo. Dat huiswerk doe je later maar. Ik wil niet dat je op zaterdagavond thuis blijft zitten. Dat is psychisch niet goed voor je.'

'En met mijn ouders op stap gaan is zeker beter?'

'Veel beter,' zei mijn moeder. 'Juana maakt maïsschotel uit de oven voor je.'

Ik ben dol op de maïsschotel van Juana.

'Ze heeft net een nieuw toneelstuk af en ze denkt dat er misschien wel een rolletje voor mij in zit.'

'En daarom moet ik mee willen?'

Ze lachte. 'Ga maar mee voor de maïsschotel. En om je oude moeder een plezier te doen.'

Toen we aankwamen, was de keuken van Juana een absolute chaos. De vloer lag bezaaid met maïs en op het aanrecht lag een kanjer van een vis met bolle, starende ogen. In de gootsteen stond een stapel afwas en op het aanrecht lagen kleine hoopjes gehakte kruiden. 'Ik heb alles onder controle!' riep ze, terwijl ze haar gezicht met haar hand afveegde waarbij ze vet over haar wang smeerde. 'Kevin, wil jij de kop van die zalm afhakken?' Ze pakte een slagersmes en reikte het aan.

Met een verbijsterde blik deinsde mijn vader terug.

'Ik doe het wel,' zei mijn moeder en pakte het mes.

Juana kuste haar op haar wang. 'Wil je hem ook in het midden doorsnijden? Dan kan ik hem in tien minuten stomen. Ik vul hem met prei. De maïsschotel staat al in de oven. Ik heb brood gehaald bij Paradise, dat met zwarte olijven erin. O ja, in de koelkast staat ook nog ergens kaas. Als jij bang bent voor die zalm, Kevin, kun jij dan even in de ijskast de camembert pakken? De verpakking moet eraf, zodat hij kan ademen. Hij moet op temperatuur komen voordat we gaan eten.'

Mijn ouders gingen in de keuken aan het werk.

'Neem maar wat te drinken, Roo,' zei Juana. 'Angelo zit in het souterrain tv te kijken.'

Ik had geen zin om te zien hoe de vis van zijn kop werd ontdaan. Dus pakte ik een cola en liep naar beneden.

Angelo zat op een vacht op de bank met twee labradors en een yorkshireterriër. Hij keek naar een realityshow. 'Hoi hoi,' zei hij, terwijl hij half naar me opkeek.

Hij zag er goed uit – zwart krullend haar, *baggy* kleding, een donkere huid die nog licht gebruind was door de zon van het zomerkamp. 'Jij ook hoi,' zei ik, terwijl ik naast hem ging zitten en mijn blikje opentrok. Ik was wel verder van hem af gaan zitten als die honden niet de helft van de bank in beslag hadden genomen.

'Die kerel,' zei Angelo terwijl hij naar de televisie wees, 'moet door een tunnel kruipen van 45 centimeter doorsnee – vol kakkerlakken.'

'Ziek.'

'Het meisje voor hem kwam er kotsend uit,' zei hij. 'Grof hoor.'

Ik keek naar zijn profiel. Hij heeft volle lippen en een krachtige neus. De kinderen van het zomerkamp zouden wel tegen hem op hebben gekeken.

'Ik ben niet bang voor beestjes,' zei ik. 'Maar kakkerlakken gaan me te ver.'

Hij drukte zijn been tegen het mijne. Een klein beetje, maar ik voelde door zijn spijkerbroek de warmte van zijn bovenbenen.

Ik vroeg me af of ik nog iets moest zeggen over die rare dingen die in april waren gebeurd. Ik had het er met dokter Z over gehad hoe ik mijn 'relaties' met andere mensen kan verbeteren – ze zijn namelijk totaal waardeloos – en ik voelde me rot over de manier waarop ik Angelo die avond had behandeld toen hij me die bloemen gaf.

'Weet je nog, dat feest,' mompelde ik. 'Bij ons in het havendok?

Het was een vreselijke avond en ik heb een heleboel dingen gedaan waar ik spijt van heb.'

'O ja?'

'Ik heb zo veel mensen tegen hun schenen geschopt die avond, dat wil je niet weten. De gevolgen waren afschuwelijk. Ik weet dat ik bot tegen je geweest ben.'

'*De nada.*'

'Wat?'

'*De nada.* Geeft niks.'

'O sorry,' zei ik. 'Ik doe Frans.'

Angelo zapte naar MTV. 'Nee hoor, het was oké. Ik raakte aan de praat met die jongen. Shiv, die ken je wel, hè? Na een tijdje zijn we hem gesmeerd. Hij en ik en nog een paar andere mensen zijn teruggereden naar het huis van zijn vriendin. Daar zijn we in het bubbelbad gaan zitten.'

'Ariel.'

'Ja, die. Ze hadden een terras met een groot bubbelbad, met uitzicht over de stad. Van Ariel kreeg ik een zwembroek van haar broer om aan te trekken. Ik had een toffe avond, dus maak je maar geen zorgen.'

Bijna iedereen op Tate (behalve ik) heeft een bubbelbad op het terras. Rijke mensen uit Seattle zijn dol op bubbelbaden. Maar Angelo leeft niet in het Tate-universum.

'O,' zei ik. 'Mooi.'

En toen stond ik versteld van mezelf.

Ik leunde over naar Angelo en raakte zijn kin aan. Hij draaide zich om, keek me aan en toen kuste ik hem.

Zijn huid was warmer dan ik had verwacht. Hij legde zijn hand achter in mijn nek en kuste me terug. Ik had een bloesje aan met knoopjes aan de voorkant en hij maakte meteen een stel knopjes los en raakte mijn linkerborst aan. Ik ging met mijn hand in mijn bh en maakte de voorsluiting los, zodat hij toegang had tot de hogere regionen.

Het was geweldig. Ik had sinds april niemand meer gekust en ik had meteen in de gaten dat Angelo van wanten wist.

Ik dacht niet aan Jackson.

Ik dacht niet aan Nora.

Ik dacht niet aan mijn angstaanvallen, of aan het feit dat ik een leproos was, of hoe vreemd het was dat Angelo na het feest op stap was geweest met Shiv Neel.

Ik dacht nergens over na. Het was leuker dan in de dierentuin werken.

'Aan tafel!' brulde Juana boven uit de keuken.

Ik veerde terug en drukte een Labrador plat (hoe hij heette weet ik niet). Het dier jankte verbaasd. 'Argh, sorry,' zei ik, terwijl ik naar de hond leunde en zijn oor streelde om me te verontschuldigen.

Mijn blote borst streek langs zijn vacht. Ik was vergeten dat mijn hele boezem buitenboord hing. Angelo keek lachend naar me.

Niet direct waar je op zit te wachten als een jongen voor het eerst je borsten ziet.

Ik ging zo snel mogelijk rechtop zitten, wurmde mijn borstpartij terug in mijn bh en knoopte mijn bloesje dicht. 'Laten we maar naar boven gaan,' zei ik.

'Ik kom,' schreeuwde Angelo naar zijn moeder. Hij stond op en gebaarde naar de trap. 'Na u, dame.'

Ik haalde mijn vingers door mijn haar en ging naar boven om te eten.

We aten zalm met koriandersaus (wat ik niet at, omdat ik vegetariër ben), maïsschotel en camembert met olijvenbrood. Er was witte wijn en Angelo en ik mochten ook wat. Juana en mijn moeder hadden het over theater. Mijn boezem voelde aan alsof hij niet goed in mijn bh zat. Mijn ene borst zat tegen de zijkant aangedrukt en de andere zat halverwege klem tussen de beugel. Mijn vader zei tegen iedereen dat hij de Brian Johnson van het tuinieren in potten was. Niemand wist waar hij het over had, waarna hij langdurig en ingewikkeld de geschiedenis van AC/DC uit de doeken ging doen, inclusief alle details over de concurrentie tussen de leden van de plantennieuwsbrief.

Er liepen honden tussen onze benen door en Juana voerde ze

zalm vanaf haar bord. Als toetje was er frambozentaart. Juana vroeg hoe het op school ging.

Angelo zei niet zo veel.

Ik zei ook niet zo veel.

Wat was er allemaal aan de hand? vroeg ik me af toen ik ten slotte in mijn eentje in mijn (microscopische) kamertje zat.

Waarom had ik Angelo gekust?

Vond ik hem leuk? Vond hij mij leuk?

Was het écht iets of zomaar iets?

Zou hij me bellen?

Zou ik hem bellen?

'Je moet bedenken wat je met een bepaalde situatie wilt,' zegt dokter Z altijd, 'en het dan proberen te krijgen.'

Dat zegt ze omdat ze wil dat ik minder passief word. Omdat ik te veel praat en te veel denk en geen actie onderneem om te krijgen wat ik wil. Omdat ik er van alles uitflap wat misschien wel aangeeft hoe ik me voel, maar wat nou niet direct bevorderlijk is voor fatsoenlijke menselijke relaties. Zoals bij Jackson: 'Waarom heb je me niet gebeld?' of 'Waarom stond je zo lang met Heidi te praten op dat feestje?'

Nou, ik had in elk geval actie ondernomen, dat was zeker. Zelfs bij Jackson, die ik de hele tijd had gekust, had ik nog nooit zelf mijn bh losgemaakt. Ik had altijd gewacht totdat hij dat deed. Alsof ik dacht dat hij pas in de stemming was voor mijn borsten als hij er zelf naar op zoek ging.

Wat idioot is, dat weet ik. Jongens zijn altijd in de stemming voor borsten.

Ik had dus zelf actie ondernomen en gekregen wat ik wilde. Ik had heel wat bonuspunten verdiend, therapeutisch gezien. Of niet soms?

Alleen had ik niet geweten dat ik het wilde totdat het al gebeurd was. En nu het gebeurd was, had ik er geen idee van wat ik nu wilde.

5. Gerotzooi: onze korte, onregelmatige liefdesgeschiedenissen

Voor toekomstige bewoners van de planeet die dit boek misschien ooit vinden bij een archeologische opgraving en geen idee hebben waar wij het over hebben: rotzooien is lichamelijk contact van tamelijk vergaande aard tussen twee instemmende tieners die niks met elkaar hebben, waarschijnlijk nooit iets met elkaar zullen krijgen en elkaar alleen maar horizontaal bezighouden op een feestje, of waar dan ook.

En nu de geschiedenis:

1. Cricket en die jongen van het Franse kamp. Tijdstip: zomer voor de tweede klas. Plaats: la douce France. Niveau: hogere regionen, niet binnen de kleding.
2. Kim en Basil van de middenbouw. Tijdstip: tweede klas. Plaats: buiten bij het kerstfeest. Niveau: lippen.
3. Cricket en Sammy Levy. Tijdstip: tweede klas. Plaats: slaapkamer van Sammy's vader, Sammy's veertiende verjaardag. Niveau: tong.
4. Nora en Ben Abromowitz (zonder verdere details, omdat het er nogal lomp aan toeging volgens Nora).
5. Nora en dat langharige vriendje – hoe-heette-hij-ook-alweer – van Gideons kerkkamp. Tijdstip: zomer na tweede klas. Plaats: het feestje op 4 juli bij de Van Deusens, in het botenhuis. Niveau: tong.
6. Kim en Steve Buchannon. Tijdstip: derde klas. Plaats: afterparty van het Lentefeest bij Katarina. Niveau: hogere regionen.
7. Cricket en vier verschillende jongens van het toneelkamp die op haar verzoek allemaal naamloos blijven en hier worden aangeduid als de Haarproductjongen, de Oorlikker, King Lear en de Paardenkop. Tijdstip: de zomer na de derde. Niveau: twee keer tong, twee keer hogere regionen.

– geschreven door ons allemaal, in Kims handschrift. Vermoedelijk tijdstip: augustus voor de vierde klas, nadat Cricket van toneelkamp thuiskwam.

Is je al opgevallen dat ik in die korte, onregelmatige geschiedenis ontbreek?

Ik heb nog nooit gerotzooid.

Kim, Cricket en Nora hadden tegen het eind van de brugklas allemaal wel met iemand gezoend en tegen het eind van de tweede allemaal wel gerommeld op een feestje.[17] Maar tot november in de derde klas had ik zelfs nog nooit met iemand gezoend – tenzij je die ene totaal waardeloze draai-de-fles-situatie meeteelt – Shiv Neel en ik hadden aan elkaar zitten plukken in een leeg klaslokaal – maar dat telde niet echt, omdat we officieel iets met elkaar hadden, hoe kort ook. Daarna en vóór Jackson heb ik op een togafeest gezoend met die jongen, Bill. We stonden alle twee te wachten voor de wc, maar volgens Cricket telde dat niet, omdat het alles bij elkaar maar twee seconden duurde en we de hele tijd bleven staan.

En nu had ik gerotzooid!

Alleen had ik nog maar één enkele vriendin aan wie ik het kon vertellen. Ik barstte die hele zondag zowat uit elkaar om het nieuws kwijt te kunnen – maar Meghan nam haar mobiel niet op.

Op maandagochtend kwam ik erachter waarom niet. Toen ik in de jeep stapte, was Meghan in tranen.

'Wat is er mis?' vroeg ik.

Ze schudde haar hoofd en beet op haar lip.

'Je kunt het me gerust vertellen,' drong ik aan – maar eerlijk gezegd was ik er niet voor honderd procent zeker van of ik het wel

---

[17] Als je goed naar de geschiedenis kijkt, zie je dat Nora niks deed in de derde. Ze kreeg erg veel aandacht in de tweede, deels omdat ze al zulke joekels van borsten had voordat een van ons zelfs maar íéts op de plank had. Maar ze heeft maar twee keer echt gerotzooid. Daarna hield ze het met jongens voor gezien. Ik weet eigenlijk niet waarom. Ben Abromowitz was volgens haar een lomperik, maar ze zegt er geen trauma aan overgehouden te hebben.

weten wilde. Meghan is nogal luidruchtig over haar privéleven (bijvoorbeeld dat ze naar een psych gaat, omdat haar vader is gestorven, en dat die haar alle details van haar seksdromen laat vertellen). Maar tegelijkertijd is ze superdom in de omgang met andere mensen. Ze vertelt je wanneer ze ongesteld is en brengt je op de hoogte van zowat alles wat Bick ooit aan haar heeft geschreven, zelfs dingen die echt privé zijn. Ze lijkt absoluut niet in de gaten te hebben hoe *gecompliceerd* het leven is. Merkwaardig genoeg had ze nauwelijks in de gaten hoeveel er vorig jaar achter haar rug over haar geroddeld werd vanwege al dat openbare geflikflooi met Bick. Ook schijnt ze zich er niet van bewust te zijn dat ze de hele tijd over haar lippen likt als ze met jongens praat. Dat is echt superirritant voor iedereen, op die jongens na. Alle meisjes uit de zesde in het groepje van Bick hadden een hekel aan haar, en zij had er totaal geen erg in.

Bij Meghan kun je dus niet terecht voor het analyseren van pijnlijke situaties, niet op de manier zoals Nora, Kim en Cricket dat kunnen. Tegen haar zou ik nooit kunnen vertellen dat Noel me had laten zien hoe hij zijn astmapuffer gebruikte. Ze zou alleen maar zeggen: 'Aah, die arme Noel,' en daar blijft het dan bij.

'Er is niks,' snoof ze.

'Zeurt je moeder nog steeds dat je van golf bent gegaan?'

Meghans moeder is een fanatieke golfer en Meghan leerde al op haar vijfde golfen. Maar dit jaar is ze ermee opgehouden. Ze heeft nu yoga als keuzevak gekozen.

'Nee. Het gaat om – Bick en ik hadden gisteren een heel lang gesprek.'

'Wat?'

'Het is niet uit, of zo. Ik weet eigenlijk niet waarom ik zo overstuur ben.'

'Wat is er gebeurd?'

We reden naar Starbucks en bestelden twee vanillecappuccino's. 'Hij hield een lang verhaal over hoe alles voortdurend veranderde,' zei Meghan, terwijl ze door het raampje het geld aangaf. 'Dat relaties niet iets vasts zijn, dat mensen moeten groeien en veranderen ten opzichte van elkaar. Hij zei dat we elke dag opnieuw moeten bekijken wat we samen hebben, afhankelijk van wat ons op dat moment gelukkig maakt.'

'En dat wil zeggen...?'

'Hij leest heel veel filosofie, vertelde hij. Carlos Castaneda en zo.'

'Hij studeert pas twee weken. Zo veel kan hij toch nog niet gelezen hebben?'

'Hij leest het niet voor zijn studie. Hij is er al eerder mee begonnen, in de zomer. Het komt er allemaal op neer dat je moet leven in het nu. Dat je je niets moet aantrekken van sociale structuren. Hij en ik bedoel ik, de relatie tussen ons.'

'En?'

'We moeten elke dag gewoon zíjn. Zijn zoals het ons gelukkig maakt, op dit moment.'

Ik was even stil. 'Dat klinkt alsof hij iets met een ander heeft,' zei ik ten slotte.

Meghans hele gezicht vertrok. Ze begon te huilen en de jeep begon te slingeren. Een groene Volkswagen kon ons nog net ontwijken toen we op de andere rijbaan terechtkwamen. De tranen rolden over Meghans gezicht en ze maakte gierende geluiden, alsof ze naar adem snakte.

'Stop!' riep ik. 'Aan de kant.'

Meghan knikte en sloeg, nog steeds snikkend, de snelweg af, het parkeerterrein van een megastore op. Ik sprong de jeep uit en liep naar binnen om chocola voor haar te kopen. Meghan bleef achter het stuur zitten. Toen ik terugkwam en de chocola op het dashboard legde, zat ze nog steeds met haar handen voor haar gezicht te huilen.

'Het spijt me,' zei ik. 'Dat had ik niet moeten zeggen.' Ik haalde een verfrommeld zakdoekje uit mijn rugzak en gaf het aan haar.

Meghan bleef maar door snikken.

'Echt. Zet dat hele rotidee maar uit je hoofd. Blijkbaar ben ik nog steeds een verbitterde trut die een paar maanden geleden is gedumpt door haar vriendje en daar nog steeds niet overheen is.'

Ze snikte in het zakdoekje.

'Alsjeblieft, Meghan. Ik laat me afleiden door mijn eigen problemen. Ik weet zeker dat Bick niet vreemdgaat.'

'Dat doet hij wel,' snoof Meghan.

'Heeft hij dat tegen je gezegd?'

'Niet met zo veel woorden. Maar hij zei dat hij zijn studietijd volledig wil uitbuiten en dat ik me vrij moet voelen om met andere jongens uit te gaan. Hij noemt het een verlichte manier van omgaan met elkaar, omdat we daardoor eerlijker tegenover onszelf en daardoor ook eerlijker tegenover elkaar kunnen blijven.'

'Zei hij echt "verlicht"?'

'Ja.'

'Had hij geblowd?'

'Misschien. Ik weet het niet.' Ze liet haar hoofd op het stuur rusten.

'Ik zie niet in waarom je onder "je studietijd volledig uitbuiten" ook horizontale activiteiten zou moeten verstaan,' mompelde ik.

'Hij zei dat hij nog steeds mijn vriendje wil zijn. We houden van elkaar en er is niets wat dat kan veranderen.' Meghan veegde haar ogen af met de achterkant van haar hand. Toen keek ze op haar horloge: 'We komen te laat.'

'Ik heb alleen maar wiskunde.' We zouden die ochtend een overhoring hebben. Ik had ervoor geleerd, maar dat zei ik niet. 'Maak je niet druk.'

'Oké. Ik heb alleen koor.'

'Mooi. Dan kunnen we nog even blijven.'

'Ja.'

'Ik zou kapot zijn als iemand dat tegen me zei,' zei ik even later. 'Zelfs als er niet direct iemand anders in het spel is.'

'O ja?'

'Absoluut.'

'Maar ik wil het niet uitmaken,' kreunde ze. 'Ik hou van hem.'

Bij het scheikundepracticum werk ik altijd samen met Noel. We moesten iets van het een of ander mengen met iets anders om een reactie te krijgen. Het moest roze worden als we het bij elkaar deden. We hadden een schema van het periodiek systeem.

Het was ongelooflijk saai. Op een speciaal practicumformulier moest je een verslag van drie bladzijden schrijven om uit te leggen dat je de inhoud van de ene beker bij de inhoud van de andere had gedaan.

'Bedankt voor die zure tong,' zei ik, toen we de proef gedaan hadden.

'Niets te danken,' antwoordde Noel, terwijl hij zijn ogen op het verslag gericht hield. 'Je weet dat ik nog een aardig voorraadje heb liggen.'

'Die moeten we nog opmaken. Heb je nog een missie voor ons?'

'Ik dacht dat jij missieleider was.'

'Ik? Wat ben jij dan?'

'Meesterkiller.'

'Maar je had toch een plan in de planningsfase.'

'Nou,' hij keek serieus, 'dat was dan gelogen.'

Ik begon te lachen. 'Ik weet niet of we ons tot joekels kunnen beperken. Misschien zijn er nog wel andere lichaamsdelen die onze hulp kunnen gebruiken. We mogen niet discrimineren.'

'Zoals?' zei hij, met zijn ogen nog steeds gericht op het papier, zodat Fleischmann, de scheikundeleraar, niet in de gaten zou krijgen dat we niet aan het werk waren. 'Ken jij enkels in een noodsituatie? Ellebogen in de knel?'

'Nee.'

Hij trok even zijn wenkbrauwen op. 'Roo, als jij het Bevrijdingsfront niet serieus neemt, zullen we je moeten royeren.'

'O jee. Is daar een officiële procedure voor?'

'Ik wil alleen maar zeggen dat jij, als missieleider, de taak hebt om behoefteonderzoek te doen. En jij moet ook de acties van het front bedenken.'

'Akkoord,' antwoordde ik. 'Het verkenningswerk wordt onmiddellijk voortgezet.'

'Nog vijf minuten,' kondigde Fleischmann aan. 'Spoel je bekers af in de gootsteen en maak je werkblad schoon. Proefformulieren woensdag inleveren in de les.'

Toen ik aan het eind van die dag bij mijn schoolkastje kwam, lag er een lichtgroen papiertje in, in vieren gevouwen.

Er stond op: 'IJsthee met een bolletje ijs is nóg lekkerder.'

De novemberweek is op Tate een vaste activiteit voor de bovenbouw. Eind september krijg je een gids, waarin elk jaar weer dezelfde belachelijke inleiding van de rector staat:

In 1972 heeft onze school besloten de betrokkenheid van haar stichters bij natuur en milieu op een nieuwe manier gestalte te gaan geven. Pas twee jaar daarvoor was onze school gemengd geworden en de nieuwe rector, Frank Patrickson, besloot dat Tate 'met zijn tijd mee moest gaan' en 'buiten de gebaande paden' moest treden.

Hij besloot dat de lessen in november twee dagen zouden worden onderbroken om iedereen te stimuleren 'op zijn of haar eigen manier' in contact te komen met de natuur, onder het motto van een gezonde geest in een gezond lichaam. Tot de mogelijkheden behoorden vliegers bouwen of trektochten maken door nationale parken.

Ik ben verheugd te kunnen melden dat de keuzemogelijkheden tegenwoordig sterk zijn uitgebreid – en dat de novemberdagen zijn uitgegroeid tot een novemberweek. Leerlingen van Tate gaan raften op de rivier de Deschutes, leren kajakken op de Barkley-baai, gaan op ontdekking in de lavagrotten van de Mount Saint Helens of maken een rugzaktocht door de Canyonlands. Allemaal keren ze verfrist en vol nieuwe energie terug naar school, zich opnieuw bewust van de wonderen van de natuur.

Wat in die inleiding niet staat, is dat de activiteiten in die novemberweek krankzinnig duur zijn. Naast de beschrijving van elk project staat de prijs. Kajakken tweehonderd dollar. Raften of die tocht door de Canyonlands vijfhonderd dollar.

Voor de ouders van mijn vrienden is dat niet veel. Maar voor die van mij wel.

Elk jaar als de gids komt, gaat mijn moeder over de rooie. Dan zegt ze dat de projecten veel te duur zijn en dat die dingen inbegrepen zouden moeten zijn in het schoolgeld. Vooral omdat de novemberweek verplícht is. Je mag niet thuisblijven.

'Ik zeg alleen maar dat er misbruik wordt gemaakt van mijn vertrouwen,' beweert ze dan, elk jaar opnieuw.

'Je betaalt niet eens schoolgeld,' antwoord ik dan. 'Er wordt helemaal geen misbruik van jóú gemaakt.'

'Het gaat om het principe, Roo. Jij zit op Tate en dan moet je erop kunnen rekenen dat alles is inbegrepen in het schoolgeld. Ik heb ook al je sportkleding moeten kopen.'

Dan vraag ik, elk jaar weer, of ik mag gaan raften (540 dollar) en dan zegt zij 'nee'. Dan stel ik de lavagrotten (350 dollar) voor en uiteindelijk moet ik thuisblijven en het goedkoopste uit de gids kiezen: Vogels van onze streek (50 dollar).

Dat betekent dat ik elke ochtend van de novemberweek in de bus moet stappen met mevrouw Harada – dit jaar mijn lerares tekenen voor gevorderden – en een paar derdeklassers die van hun ouders nog geen week van huis mogen.

Dan rij je naar een nationaal park. En dan ga je vogels kijken.

In de derde was dat oké. Samen met Varsha Lakshman, een meisje dat pas dat jaar op school was gekomen en heel goed is in vlinderslag, liep ik een beetje te lummelen.

We hadden een verrekijker gehuurd en hadden schriftjes bij ons om te noteren welke vogels we zagen. Te voet trokken we door verschillende parken waar mevrouw Harada ons mee naartoe nam. We zagen goudhaantjes en boomklevers en pelikanen bij het water. Varsha en ik deelden onze lunch en het leek erop dat we vriendinnen zouden worden, maar na de novemberweek sloot ze zich aan bij de meisjes van het zwemteam en ging ik weer terug naar Cricket, Kim en Nora. Wat ook prima was.[18]

Maar in de vierde heb ik me de hele week dood verveeld. Al mijn vriendinnen gingen raften en Jackson en zijn vrienden gingen die rugzaktocht door de Canyonlands maken. Katarina, Heidi en Ariel deden de lavagrotten. Varsha en de meisjes van zwemmen maakten een trektocht door het Mount Rainier-park en de meisjes van hockey deden 'Een zijn met de bal', waarbij ze zich uit de naad moesten rennen en opwekkende praatjes moesten aanhoren.

Maar ik moest, met een stelletje derdeklassers en een of andere oenige jongen uit de vijfde, van wie ik de naam niet eens meer weet, weer diezelfde vogelwandelingen maken, met diezelfde mevrouw Harada die ons probeerde warm te maken voor de schoonheid van de natuur en wilde dat we landschappen gingen tekenen met de doos kleurpotloden die ze in haar schoudertas had. En 's avonds ging ik naar huis en zat ik als een complete loser bij mijn ouders.

Ik wilde niet gaan vogelkijken. Ik wilde Jackson zoenen boven op een klif en 's nachts stiekem mijn tent uit kruipen om te vrijen onder de sterrenhemel. Of met een raft een ijskoude rivier afdalen en lachen met mijn vriendinnen.

Toen iedereen thuiskwam, hadden ze foto's bij zich van hoe ze van een klif abseilden, of samen op de rand van een raft zaten, of voor Mount Saint Helens stonden. En ik had weer een schriftje vol met schetsen van pelikanen en de fonetische weergave van vogelgeluiden.

---

[18] In het voorjaar speel ik hockey, maar om de een of andere reden zit geen van de meisjes uit het zwemteam daarbij. Ze zitten in het roeiteam. Daarom ben ik nooit zo dik met ze geworden. Ze zijn heel sportief, en ik denk dat ze mij zien als een soort alto-/netkousenmeisje waar ze alleen iets mee kunnen als ik mijn badpak aanheb. In de praktijk zijn ze trouwens heel aardig – zelfs na de debacles in de vierde. Maar ik zou ze geen vriendinnen willen noemen. Hetzelfde geldt voor de meisjes van lacrosse.

'Waarom zijn die cursussen zo duur?' vroeg mijn moeder weer toen ik haar het gidsje overhandigde. 'Die novemberweek zou inbegrepen moeten zijn in het schoolgeld.'

'Ma-am!'

'Ik zeg het alleen maar, Roo.'

'Ik verdien vijftig dollar per week met dat baantje in de dierentuin,' zei ik. 'Als ik het nou zelf betaal?'

'Roo, je moet negen weken werken om een van die cursussen te kunnen betalen.'

'Ik ga niet wéér vogelkijken.'

'En dit dan?' zei mijn moeder, terwijl ze een beschrijving in de gids aanwees. 'Aanleg van een tuin voor Openbare school 81, een groenvoorzieningsproject.'

'Dat doe ik al de hele tijd voor pap. En ik doe het in de dierentuin. Ik wil niks met planten.'

'Het kost 75 dollar. Dat betalen wij wel.'

Mijn vader kwam uit de kas naar binnen gelopen. 'Misschien moeten we het er toch eens over hebben, Elaine,' zei hij. 'We sturen haar naar Tate voor een goede opleiding. Die natuurervaring hoort erbij. Bovendien is het voor meisjes van haar leeftijd belangrijk om op te trekken met leeftijdgenoten.'

'Het is veel te duur,' zei mijn moeder hoofdschuddend. 'Al ons spaargeld is al opgegaan aan die kas.'

'Begin je daar nu weer over! Die kas verdient zich dubbel en dik terug. Dat heb ik je toch al uitgelegd.'

'Nou, noem jij het maar een "gebrek aan contanten", als je zo nodig wilt, maar die cursussen zijn veel te duur in verhouding tot ons banksaldo. Bovendien heeft ze ook nog eens een raftinguitrusting nodig, een rugzak en wat al niet meer.'

'Het is belangrijk voor haar om met haar vrienden mee te doen.'

'Zo dol lijkt ze anders niet meer op haar vrienden,' zei mijn moeder. 'Ik heb Cricket en Nora hier al sinds het begin van het schooljaar niet meer gezien.'

Argh. Ik had mezelf wijsgemaakt dat mijn ouders niet hadden gemerkt dat ik een leproos was geworden. 'Ik zit naast je, mam, voor het geval je het niet in de gaten had.'

'Dat is nou precies waarom ze mee moet met een van die uitstapjes,' voerde mijn vader aan. 'Ze is al veel te veel alleen. Het is goed voor haar gevoel van eigenwaarde.'

'Heb je ruzie gehad, schat?' vroeg mijn moeder. 'Met Cricket of Kim?'

'Nee,' jokte ik. Sinds wanneer hielden ze me eigenlijk in de gaten?

'Toen ik zestien was,' zei ze, terwijl ze achteroverleunde in haar stoel, 'had ik een vriendin, Lisa. Wij hadden voortdurend ruzie en maakten het dan weer goed. Het was net als in een relatie.'

'Mam,' zuchtte ik. 'Ik heb nu echt geen behoefte aan je pseudolesbische verhalen.'

'O,' piepte mijn moeder. 'Denk je dat ik lesbisch was of zoiets? Het is heel normaal dat meisjes van die leeftijd dol op elkaar zijn.'

'Ik wou dat ik je op je zestiende gekend had.' Pap liep naar haar toe en gaf haar een zoen in haar nek.

'Ik word kotsmisselijk van jullie.' Ik stond op van de keukentafel.

'Alsjeblieft, Roo.' Mijn moeder trok een elastiekje van haar pols en bond haar haar in een staart. 'Experimenteren met seksualiteit is heel normaal op jouw leeftijd. O, Kevin!' Ze draaide zich om naar mijn vader. 'Misschien twijfelt Roo wel aan haar seksuele geaardheid! Misschien heeft ze daarom wel die angstaanvallen en heeft ze daarom geen vriendje.'

'Hallo! Ik ben er nog steeds!'

'Elaine, we moeten ons niet bemoeien met Roo's privéleven. Ze is een puber.'

'Precies. Bedankt, pap.'

'Als zij wil experimenteren,' vervolgde hij, 'moeten we haar steunen zonder al te veel vragen te stellen.'

Argh argh.

'We houden ook van je als je lesbisch bent, hoor Ruby,' ging mijn vader verder.

'Ik vraag me af of Lisa lesbisch geworden is,' zei mijn moeder mijmerend. 'Denk je dat ik dat op Google kan vinden?'

'We hebben het nu niet over jou, Elaine,' onderbrak mijn vader haar. 'Laten we ons richten op Roo.'

'O, dat hoeft niet, hoor,' zei ik. 'Van mij mag je alle aandacht, mam.'

'Ik vind het prima hoor, als je lesbisch bent, Roo,' kondigde mijn moeder aan. 'Ik heb een heleboel homovrienden.'[19]

'Denk je dat die ruzie met Kim en die jongen daarmee te maken had?' vroeg mijn vader zich af. 'Ruby, wil je praten over de problemen met je vrienden?'

Argh! Argh! Argh!

Ik gooide mezelf op de bank en trok een kussen over mijn hoofd. 'Ik wil alleen iets leuks doen in de novemberweek!' schreeuwde ik. 'Ik heb gezegd dat ik het zelf wel betaal!'

Er viel een korte stilte.

Mijn vader trok een stoel naar zich toe en ging zitten. 'Je hoeft niet zo'n toestanden te maken,' zei hij ten slotte. 'Je kunt het toch gewoon vragen.'

Maar het kiezen van een activiteit voor de novemberweek bleek moeilijker dan ik dacht.

Meghan ging de Canyonlands doen. Het leek me niks. Het had me alleen leuk geleken als Jackson meeging. En bovendien zouden mijn ouders absoluut geen zin hebben om een trekkersrugzak en de rest van de benodigde uitrusting aan te schaffen.

In geen geval ging ik hetzelfde doen als Katarina, Ariel en Heidi. Dat zou een sociale nachtmerrie zijn. Maar ik kon er niet achter komen wat zij van plan waren, zodat ik ze kon vermijden.

---

[19] Dat is nog waar ook. Vooral mannelijke homo's zijn dol op de voorstellingen van mijn moeder, en een heleboel mensen die zij kent van haar theaterwerk zijn homo.

Eigenlijk wilde ik het liefst doen wat Jackson deed, om te kijken wat er tussen ons zou gebeuren. Maar hij zou zeker een groepje vormen met Kyle en Matt. Dat zou betekenen dat ik de hele tijd genegeerd zou worden, terwijl hij lekker stoer deed met de andere jongens.

Alles waarvoor ik een tent nodig had, was uitgesloten. Alleen als ik samen met Meghan de Canyonlands ging doen, zou ik samen met iemand kunnen gaan. En het zag er niet naar uit dat Noel en ik zover waren dat we samen plannen maakten voor de novemberweek.

Ik kon maar het best gokken op Nora. Maar als Nora samen met Cricket ging, wat waarschijnlijk was, zou ze nauwelijks met mij praten. Tenzij ik Cricket kon overhalen weer eens langs te komen en weer vriendinnen te zijn.

Maar ik wist niet zeker of ik wel wilde dat Cricket langskwam. We hadden elkaar al vijf maanden niet gesproken.

'Wat wil je zélf eigenlijk?' vroeg dokter Z die middag bij onze afspraak.

'Dat zeg ik net. Ik weet het niet.'

Ze zweeg.

'Bedoelt u wat ik zou willen als al dat gedoe er niet was?' vroeg ik.

'Ja.'

Ik dacht na. 'Maar dat gedoe is er wel. Ik ben een leproos. Leprozen moeten zorgvuldig overwogen beslissingen nemen.'

'Je hebt gevochten om met zo'n reisje mee te mogen, Ruby. Wat verwacht je er eigenlijk van?'

Voor een deel wilde ik gewoon hetzelfde zijn als de anderen op Tate. Dat geldgebrek niet zo'n obstakel zou zijn. Dat ik gewoon kon gáán, zonder te hoeven sparen of met mijn ouders ruzie te maken. Dat ik gewoon een stel vrienden had en dat we samen plannetjes maakten. Dat ik daar niet over hoefde te onderhandelen.

Ik hield mijn mond dicht.

'Laat ik het eens anders zeggen,' zei dokter Z. 'Waar denk je aan als je je voorstelt dat je mee zou gaan met de reis naar Mount Saint Helens?'

'Dat ik alleen ben, op de rand van een vulkaan, met niemand om mee te praten.'

'En het raften?'

'Geen hond die bij de lunch bij me komt zitten.'

'Mount Rainier?'

'Mensen die over me kletsen.'

'Wie?'

'Weet ik veel. Katarina of zo.'

'En kajakken?'

'Klinkt zo koud.'

'Oké. Dat dus niet. En "Een zijn met de bal"?'

'Dat nooit!'

Dokter Z zuchtte. 'Wat wil je zelf? Dat vraag ik je. Wat vind jíj leuk om te doen?'

'Ik vind zwemmen leuk,' zei ik. 'En lezen. En films kijken. Maar kunt u zich een beschrijving voor zoiets voorstellen? "Verkenningstocht naar de oppervlakkigheid van het bestaan: aan de hand van twee speelfilms, *Love Actually* en *Bridget Jones*, verlustigen de leerlingen zich aan Hugh Grant en Colin Firth, waarna ze gaan shoppen in tweedehandswinkels, zich begraven in detectives en een duik nemen in het zwembad. De avonden worden doorgebracht met het consumeren van lolly's en het experimenteren met make-up."'

Met een glimlach zei dokter Z: 'Erg grappig. Maar je hebt geen antwoord gegeven op mijn vraag.'

Ik zuchtte. 'Als er iets zou zijn met dieren, maar geen vogels, zou ik dat wel willen. Maar eigenlijk ben ik helemaal niet zo'n natuurmens.'

'Toch zeg je dat je graag meewilt.'

'Yep.'

Toen zweeg ze weer en begon ik over iets anders. De rest van die bijeenkomst hadden we het erover hoe irritant mijn moeder was.

Woensdags, bij Amerikaanse literatuur, hield Wallace tien minuten voor het einde van de les op met de discussie om het over de novemberweek te hebben. 'Ik ga dit jaar iets nieuws doen,' kondigde hij aan. 'Ik begin voor mezelf. Zoals sommigen van jullie wel weten,' zei hij, terwijl hij naar Cricket, Nora en een paar anderen knikte, 'ben ik de afgelopen twee jaar meegegaan met de raftexpedities. Maar dit jaar gaan meneer Glass en ik een andere cursus doen, Canoe Island, en ik hoop dat jullie allemaal met ons meegaan.'

Ik had Canoe Island in het gidsje gezien. Er stond alleen maar: 'Verruim je blik en voed je geest. 375 dollar.'

Ik had er nog geen moment over nagedacht.

Wallace legde uit dat je bij dit project naar een afgelegen eiland van de San Juan-archipel zou gaan, vlak voor de kust van Seattle. In de ochtenden zou je belangrijke filosofische teksten lezen en daarover discussiëren. 's Middags zou je gaan zwemmen of trektochten maken over het eiland. Er werd om beurten gekookt. 's Avonds zou je kijken naar belangrijke films uit de filmgeschiedenis, die je moesten prikkelen om verder na te denken over de filosofische kwesties waarover je gelezen had.

Films. En zwemmen.

Een verkenningstocht naar het oppervlakkige bestaan, maar dan diepzinnig.

Na de les zei ik tegen Wallace dat ik me inschreef. Voordat ik niet meer durfde.

Hij leek opgelucht en vertelde dat ik de eerste was die zich inschreef.

'Dat stukje in het gidsje is veel te vaag,' zei ik. 'Jullie hebben een pr-probleem.'

Wallace lachte. 'Je kunt die week aan je keertechniek werken, als je wilt. Imari van het jongensteam komt waarschijnlijk ook. Ik ben jullie coach 's middags.'

Die avond zorgde ik dat mijn ouders het bedrag overmaakten en beloofde ik hun 300 dollar terug te betalen.

'Ik hoop echt dat je er goed contact met leeftijdgenoten zult hebben,' zei mijn vader, terwijl hij me een klap op mijn schouders gaf.

'Ik ben allang blij dat we geen rugzak voor haar hoeven te kopen,' zei mijn moeder.

Die avond belde Angelo Martinez me. Het gesprek ging als volgt:

Hij: Hé Roo. Met Angelo.

Ik: Is er iets?

Hij: Nou, eigenlijk niet. Ik ben net terug van basketbal.

Ik: Leuk.

Hij: Mm. Zeg Roo...

Ik: Ja?

Hij: Nou, ik wou alleen maar zeggen dat ik het leuk vond gisteren. Gisteravond. Het was fijn.

Ik: O ja. Sorry dat ik op je hond ging zitten.

Hij: Geeft niet. Hij kan ertegen.

Ik: Gelukkig was het die kleine Skipperdee niet.

Hij: Ja. Als je daarop was gaan zitten, had ze je vast gebeten.

Ik: O.

Hij: Ik meen het.

Ik: Ik bedoelde eigenlijk dat ze het misschien niet had overleefd als ik op haar was gaan zitten. Ze is zo klein.

Hij: Je kent haar niet. Ze kan heel vinnig zijn. Ik ben ooit een keer op Stinkie gaan zitten, die yorkie die we vroeger hadden. Toen heb ik haar poot gebroken. Ik voelde me zo schuldig.

Ik: Tuurlijk. Nou.

Hij: Nou.

Ik: Leuk dat je belt.

Hij: Ja. Ik wilde niet, nou ja, niks van me laten horen na wat er ge-
beurd is.

Ik: Dat had niet gehoeven hoor.

Hij: Nou ja.

Ik: Maak je geen zorgen. Je bent heel attent.

Hij: Nou, daar denkt mijn moeder anders over.

Ik: Maar ik ben je moeder niet.

Hij: Nee. (stilletjes lachend) Jij bent inderdaad mijn moeder niet.

Stilte. Veel te lang.

Ik: Heb je zin om even een stukje te rijden?

Hij: Hè, nu?

Ik: Mijn ouders zijn de hele avond thuis. Ik kan de Honda wel een
uurtje lenen, maar om een uur of tien moet ik weer thuis zijn.

Hij: Bedoel je een stukje rijden en dan ergens parkeren?

Ik: Precies.

Hij: Ik loop nu naar buiten. Met mijn mobiel.

Ik: Wat?

Hij: Ik sta nu buiten. Ik wacht op je.

Toen drukte hij de telefoon uit.

Ik zei tegen mijn ouders dat ik met Meghan bij de B&O had afgesproken en reed naar het huis van Angelo. Hij stapte in.

We reden naar een parkeerterrein een eindje verderop, bij een
speeltuintje, en vreeën een uur lang, terwijl we op de autoradio
naar domme gouwe ouwen luisterden.

Het was heerlijk.

Daarna bracht ik Angelo naar huis.

Hij kuste me gedag.

'Niet zeggen dat je me belt,' zei ik. 'Ik heb geen zin in zo'n ik-
bel-nog-wel-ik-bel-niet-relatie tussen ons.'

'Oké. Ik zeg niks. Maar Roo?' Hij was al half uitgestapt en ik zag
zijn silhouet tegen het licht van de straatverlichting.

'Wat?'

'Bel míj maar.'

6. Vriendjes in soorten

1. Jongensvriendje. Jullie zijn gewoon vrienden.
2. Jongensvriendje, inclusief ongewenste *crush*. Jullie zijn gewoon vrienden, maar je weet dat hij verliefd op je is. Hoogst irritant.
3. Jongensvriendje, inclusief crush. Jij hebt een crush op hem, maar je bent gewoon vrienden. Zucht. (NB waarschijnlijk ben jij hoogst irritant.)
4. Hopeloze crush. Je hunkert naar hem op afstand. Hij weet niet eens dat je bestaat.
5. Jongensvriendje met wederzijdse aantrekkingskracht.
6. Flirt. Maar je bent geen vrienden.
7. Scharrelvriendje. Je rotzooit, maar je hebt niks met elkaar.
8. Vrijvriendje. Je rotzooit en je hebt iets met elkaar, maar je gáát niet met elkaar.
9. Vriendje. Je gaat met elkaar!
10. Serieus vriendje. Je ziet een toekomst samen. Je doet het regelmatig. Je leent zijn T-shirts.

– mijn handschrift, met een paar toevoegingen van Kim. Vermoedelijk tijdstip: september in de vierde.

Toen ik thuiskwam van mijn afspraakje met Angelo, zaten mijn ouders te slapen voor de televisie. Ik ging meteen naar mijn kamer en haalde *Het jongensboek* tevoorschijn. Omdat ik niemand had om mee te praten, las ik alle oude stukjes nog maar eens door.

Ik herinner me dat ik met Kim op haar kamer zat. Lachend lagen we op onze buik op haar grote tweepersoonsbed te schrijven. En ik dacht aan die keer dat we *Het jongensboek* hadden meegenomen naar Cricket. Nora had chocolate-chipkoekjes gemaakt en ik had mijn hand verbrand toen ik ze uit de oven haalde. Toen moest ik mijn stukjes dicteren, omdat mijn vingers te veel pijn deden om een pen te kunnen vasthouden. En die keer dat Cricket iets heel raars had meegemaakt met Billy Alexander en per se wilde dat ik het boek mee naar school nam, zodat zij er de volgende ochtend een stukje in kon schrijven. En toen Kim het op de salontafel van mijn ouders had laten liggen. Net op het moment dat mijn vader het oppakte en het in wilde gaan kijken, kwamen wij de kamer binnen. We konden het nog net uit zijn handen graaien en renden gillend weg.

Ik viel in slaap met mijn hoofd op de bladzijde over 'vriendjes in soorten'. Er liep wat speeksel uit mijn mond, zodat de inkt vlekkerig werd. Om twee uur 's nachts werd ik wakker, poetste mijn tanden en trok mijn pyjama aan. Toen ging ik weer terug naar bed.

Angelo dus. Op dat moment was hij volgens mij een SV, een scharrelvriendje. Dat misschien kon promoveren tot vrijvriendje, dat misschien weer kon promoveren tot vriendje. Of misschien ook niet.

Misschien was het wel te geforceerd, omdat onze ouders met elkaar bevriend waren. Of sloeg het nergens op, omdat onze levens zo verschillend waren. Het was niet makkelijk om iets met hem af te spreken, zoals bijvoorbeeld met Jackson (het enige echte vriendje dat ik ooit gehad had). Angelo en ik keken meestal een beetje tv en gingen dan eten, waarbij we de vervelende gesprekken van volwassenen moesten verdragen. Ik wist eigenlijk helemaal niet zo veel over hem, behalve dat hij leider was geweest bij een zomerkamp, dat hij dol was op reality-tv, en dat hij een kei was in het borstenwerk.

Ik was al wel duizend keer bij hem thuis geweest, maar nog nooit op zijn kamer.

En Noel. Wat was hij?

Ik moest toegeven dat we flirtten. Tenminste, dat ik me bijna teleurgesteld voelde toen hij me niet zoende maar zijn astmapuffer gebruikte.

Misschien was hij een JMWA, jongensvriend met wederzijdse aantrekkingskracht. Of een JVC, jongensvriend, inclusief crush. Ik op hem. Of misschien gewoon een jongensvriend.

Het voelde anders dan de crushes die ik eerder had gehad. Toen had ik het gevoel alsof ik een radar had. Ik voelde precies waar een jongen was, zelfs aan de andere kant van een drukke ruimte. Zoals bij die crush op Gideon, de broer van Nora, toen ik het gevoel had dat ik altijd de verkeerde dingen zei als ik met hem praatte en ik me elke ochtend afvroeg wat ik moest aantrekken voor het geval hij mij plotseling zou opmerken.

Maar ik dacht wel vaak aan Noel. Ik probeerde grapjes met hem te maken. En ik vond zijn manier van lopen leuk, alsof zijn armen en benen los aan zijn lijf zaten.

Er vielen me dingen op aan Noel die me niet opvielen aan jongens die me niet interesseerden.

En dan Jackson. Op die lijst van soorten vriendjes stonden geen ex-vriendjes. Wat kan ik erover zeggen? We waren nog jong en naïef. We hadden nog nooit een gebroken hart gehad.

Als ik Jackson nu moest indelen, dan was hij zoiets als een flirt. Al praatten we niet meer met elkaar, behalve dat we elkaar gedag zeiden.

Soms haatte ik hem. Hij had me verraden en gedumpt. Hij was heel anders dan ik had gedacht toen we nog met elkaar gingen. Ik voelde me beter dan hij.

Op zo'n moment besloot ik dat die briefjes die hij mij had geschreven sinds we uit elkaar waren (twee maar) pogingen waren om zijn geweten schoon te wassen en zijn schuldgevoelens kwijt te raken. Als Jackson me zo ver kreeg dat ik weer aardig tegen hem was, kon hij het gevoel hebben dat het niet erg was wat hij me vorig jaar geflikt had.

Op andere momenten had ik het gevoel dat hij en ik een geweldige relatie hadden gehad. Op een kwetsbaar moment was er iemand (Kim) tussengekomen. Op een moment dat we ofwel een eind hadden moeten maken aan onze relatie, ofwel tegen elkaar hadden moeten zeggen 'Ik houd van je', ofwel onze kleren hadden moeten uittrekken en het doen.

Als zij er niet was tussengekomen, waren Jackson en ik bij elkaar gebleven. Dan waren we er vast uit gekomen en zou alles geweldig zijn geweest.

Zou het niet mooi zijn als er nu nog een happy end kwam, na al die drama's? Hij en ik in zijn oude Dodge Dart Swinger, een prachtige zonsondergang tegemoet rijdend?

Of dat mooi zou zijn!

Op andere momenten dacht ik: hij heeft een vriendinnetje. Hij vindt me niet leuk meer. Forget it!

Maar ik kon hem niet vergeten.

Jackson bleef in mijn hoofd, de hele tijd door. Als een tumor.

Op donderdag bracht Cabbie als een complete verrassing zijn foto's mee naar school. Bijna twee weken na het feestje bij Kim. Waarschijnlijk was het rolletje die avond nog niet vol geweest. Of was hij dronken geweest en had hij de camera in zijn jaszak laten zitten, of zoiets.

Hoe dan ook, eindelijk had hij de foto's toch laten ontwikkelen. Darcy Andrews, die irritante kerel aan wie ik altijd al het land heb gehad, had ze 's ochtends bij zich, bij wiskunde.

Met een stel andere jongens hing hij boven een tafeltje te gluren.

Ik ging kijken waar ze naar keken en stak mijn hoofd over iemands schouder.

Daar zat Nora, op het trapje van het zwembad, haar enorme boezem in het licht van de flits. Ze zat in een verleidelijke pose, maar haar gezicht drukte een en al schaamte uit. Ze hield haar handen over haar borst, maar slaagde er niet in ook maar iets te bedekken. Een tepel piepte eruit en doordat de rest van haar borstpartij werd samengedrukt, zag het er extra sexy uit.

De tweede foto was veel minder flatteus – daarop rende ze bergop in de richting van Kims huis. Haar hoofd stond er niet helemaal op, maar je zag haar tieten vanaf de zijkant. Haar kletsnatte zwembroek plakte van achteren aan haar billen en ze strompelde over het gras, met modder op haar benen.

Er lagen nog meer foto's op Darcy's tafeltje. Jongens die stonden te lachen, met hun armen om elkaar heen geslagen. Cricket en haar inmiddels studerende vriendje, Billy Alexander, liggend op het gras. Katarina en Ariel, die stukjes sushi omhooghielden en zwaaiden. Een giechelende Kim, met korter haar dan toen ik haar voor het laatst had gezien, die door Jackson in haar nek werd gekust.

Argh!

Dat hoefde ik allemaal niet te zien. Ik wilde de klas uitrennen om op de wc te gaan overgeven. Mijn handen trilden en het was plotseling vreselijk benauwd in de klas.

Maar Nora kon elk ogenblik binnenkomen. Iedereen stond naar haar tieten te kijken.

Dit was níét het moment om een angstaanval te krijgen.

'Waar heb je die foto's vandaan?' vroeg ik aan Darcy.

'Die zijn van dat feestje bij de Yamamoto's,' antwoordde hij. 'Cabbie heeft dubbele afdrukken laten maken.'

'Hij wist wel dat we hem daar allemaal dankbaar voor zouden zijn,' grapte een van de jongens.

'Van Deusen heeft een flinke bos hout voor de deur,' zei een andere jongen. 'Die mag ze best wat vaker laten zien.'

'Ooo,' zei ik heel onschuldig. 'Laat eens zien. Mag ik?'

'Weet niet,' zei Darcy.

'Toe,' probeerde ik hem over te halen, terwijl ik naast hem ging staan en flirterig naar hem over leunde. 'Eventjes maar. Ik ben dol op foto's kijken.'

Hij verzamelde de foto's in een stapeltje en gaf dat aan mij. Zodra ik het stapeltje te pakken had, graaide ik de foto's van Nora eronderuit, liet de andere foto's op de grond vallen en scheurde die van Nora in snippers.

'Oliver!' blafte Darcy. 'Wat doe je nou?'

'Wat denk je?'

'Doe niet zo akelig feministisch, zeg,' mompelde hij. 'Jeetje.'

'Ik hoefde niet feministisch te zijn als jij niet zo'n gore seksist was.'

'Nou krijg ik de schuld? Cabbie heeft die foto's genomen, hoor.'

'En jij hoeft er niet mee rond te leuren,' antwoordde ik. 'Dat is zo gemeen.'

'Ze ziet er anders puik uit,' zei hij. 'Waar maak je je druk over? Er waren een heleboel meisjes topless. Als ze niet wilden dat wij naar ze keken, hadden ze hun kleren niet moeten uittrekken.'

'Onzin,' zei ik. 'En als ik nou eens foto's van jouw pik op school liet rondgaan?'

Een van de andere jongens begon te lachen. 'Heb jij foto's van Darcy's pik? Hé Darcy, Ruby, daar wist ik niks van.'

'Heb je nog meer foto's van pikken, Ruby?' vroeg iemand anders.

'Waarschijnlijk wel,' mompelde Josh – een dikke, lompe jongen met rood haar. (Denk aan mijn reputatie als überslet.)

'Ja, een hele verzameling, mongool,' bitste ik terug.

'Die van mij niet hoor,' zei Darcy, die een poging deed zich er met een grapje vanaf te maken. 'Die is te groot voor op een foto.'

'Het is toch altijd een bepaald soort meisje dat foto's maakt van pikken,' zei Josh. 'Hé Ruby, wil je ook een foto van déze nemen?' Hij greep in zijn kruis.

'Dank je, al zou ik het willen, dan zou ik 'm nog niet kunnen vinden.'

'Die zou jij prima kunnen vinden,' zei Josh. 'Jij weet best waar je zoeken moet.'

'Als ik nou eens een heel speurdersteam op pad stuurde, met infraroodbrillen en pikhouwelen, en ze eens een jaartje of tien zou laten zoeken. Eens kijken of ze iets zouden vinden,' zei ik.

Rondom me steeg een gemompel op. 'Grof zeg,' hoorde ik iemand fluisteren.

Ik wist dat ik te ver gegaan was. Nu zou ik nooit meer mijn reputatie als slet kwijtraken. Mijn leven zou nooit meer normaal worden.

'Jee, Ruby,' zei Josh. 'Waarom ben jij altijd zo'n bitch tegen iedereen?'

'Ja,' ging Darcy door. 'Waarom ben jij altijd zo gauw op je teentjes getrapt?'

'Laat haar met rust.' Dat was Varsha Lakshman. Ze zat met een paar meisjes van het zwemteam achter in de klas, en het had geleken alsof ze het gesprek helemaal niet gevolgd had. 'Ze nam het op voor haar vriendin.' Ze stond op en kwam aangelopen, lang en breedgeschouderd.

'Maar ze scheurt andermans privéspullen kapot,' zei Darcy, terwijl hij de foto's die ik onder zijn tafeltje had laten vallen van de vloer raapte.

'Jij hoort die foto's sowieso niet te hebben,' zei Varsha bits.

Op dat moment kwam de wiskundelerares binnen. Met een plof gooide ze haar boeken op de lessenaar voor in de klas. Terwijl ik naar mijn plaats liep zei ik bijna onhoorbaar 'dank je' tegen Varsha, maar ze zei niets terug.

De jongens pakten hun stoel. Vlak daarna kwam Nora binnenrennen en schoof op een stoel achter in de klas. Er steeg gelach op.

'Vandaag gaan we het over grafieken hebben,' kondigde de lerares aan, terwijl ze door haar boek bladerde. Bladzijde 47.'

Darcy Andrews gooide een briefje naar me toe.

Eerst wilde ik het niet oprapen, maar mijn nieuwsgierigheid won het.

Slet.

Na de les hield Nora zich gedeisd. Ze vertrok zodra de wiskundeles voorbij was en bij de lunch was ze niet in de mensa. Ik vroeg me af of ze de rest van die dag spijbelde toen ze er achter was gekomen dat de foto's de ronde deden.

Op donderdag hebben we geen scheikunde. Ik zag Noel alleen

vanuit de verte, maar na het zesde uur lag er een briefje in mijn schoolkastje.

Joekelsbevrijdingsfront, Officieel Memorandum
Geachte GJAR,
Het is ons ter ore gekomen dat u, ondanks dat wij veronderstelden dat u de Missie Van Deusen had opgegeven en ondanks dat u uw rol als Missieleider verwaarloosde, zeer heldhaftig bent opgetreden namens de joekels.
Uit erkentelijkheid voor uw inspanningen verlenen wij u hierbij de officiële eremedaille van het Bevrijdingsfront, een grote pizzapunt naar keuze, te consumeren na de zwemtraining van heden – of op de dag van uw keuze.
Weliswaar heeft u na nuttiging van de pizza niets meer om op de schoorsteen tentoon te stellen, maar ja – wij zijn een financieel noodlijdende organisatie. Meer zit er niet in.
Bij geen bericht zult u hedenmiddag om 16.30 u. plaatselijke tijd met een gemotoriseerd vervoermiddel bij het zwembad worden afgehaald.
Hoogachtend en met welgemeende felicitaties,
GJ

Na school had ik een afspraak met dokter Z. Ik zou naar huis rijden met een meisje uit het zwemteam dat bij mij in de buurt woont, en dan zelf met de Honda naar haar toe gaan.

Maar toen ik buiten kwam, stond Noel met een lindengroene Vespa op me te wachten. Hij had een extra helm bij zich. 'Thuis opgehaald,' zei hij, terwijl hij me de helm gaf.

Ik zette hem op mijn natte haar en ging op de scooter zitten. Ik sloeg mijn armen rond Noels middel. Zijn leren jasje was open en ik voelde door zijn T-shirt heen de spieren van zijn buik.

Noel reed de Vespa met een boogje van de schoolparkeerplaats de straat op.

Ik had het gevoel dat hier filmmuziek bij hoorde.

We gingen naar Pagliacci, een pizzatent langs de hoofdstraat van het U-district. Ik kreeg een pizzapunt met paprika en olijven.

Noel nam een pizza margharita. We strooiden wat pittige saus, parmezaanse kaas, oregano en knoflook over onze pizza en gingen aan een tafeltje zitten.

'Darcy Adams noemde me vanochtend een slet, toen ik die foto had verscheurd,' zei ik tegen Noel.

'En wat had jij tegen hem gezegd?'

'Gore seksist. O ja, misschien heb ik ook wel gezegd dat zijn pik zo klein was dat je hem met een infraroodbril nog niet zou kunnen vinden.'

Noel barstte in lachen uit. 'Dat deel van het verhaal had ik nog niet gehoord. Goed van je.'

'Ik wou dat ik op dat slet had gereageerd.'

'Wat wou je daar dan op zeggen?'

'Ik weet niet. Misschien dat ik de voorkeur geef aan "hoer".

'Zoiets als een *happy hooker?*'

'Ja, misschien moet ik trots zijn op het woord "slet". Net zoals homo's trots zijn op het woord "flikker". Dan is het geen scheldwoord meer, maar...'

'Een geuzennaam.'

'Ja. Ik zou kunnen gaan rondlopen met een bordje: "Ik ben een slettenbak. Nou en!"'

'Sletten der natie, verenigt u!'

'Precies!' Ik nam een slok van mijn frisdrank.

'Misschien dat je moeder een T-shirt kan aantrekken met "Ik ben een trotse slettenmoeder" erop.' Noel rommelde in zijn rugzak om een pen te zoeken. 'Ik zal een slettenlogo voor je ontwerpen.' Hij pakte een balpen en begon te tekenen op een velletje uit een schrift. Een vrouw met een cape, een soort superheldin, met een bril als die van mij en een rare puntige bh.

'Heb ik je ooit al verteld dat niets van wat ze over me vertellen waar is,' flapte ik eruit.

'Over dat vriendjeslijstje?'

'Ik heb nooit iets gehad met al die jongens.'

Noel schudde zijn hoofd. 'Dat kan me echt niets schelen.'

'Maar het is echt niet waar.'

'Oké.' Hij stak een stuk pizza in zijn mond.

'Echt. Er is niks van waar.'

Hij was heel aardig, maar ik wist niet of hij me geloofde.

'Op de jongens-wc in het hoofdgebouw staat van alles over Nora,' zei Noel, toen hij klaar was met kauwen.

'Zoals?'

'Dat ze sexy is en dat niemand dat ooit was opgevallen. Allerlei expliciete taal over borsten. En boodschappen voor haar. Niet dat ze die ooit gezien heeft.'

'Zoals?'

'Laat je hondjes eens uit, Van Deusen! Laat ons meegenieten. Te groot voor een hand.'

'O god. Arme Nora.'

'Cabbie heeft zijn afdrukken nog.'

'Dat weet ik. Maar ik denk niet dat Nora wil dat wij ons ermee bemoeien.'

'Heb je niet tegen haar verteld dat je die foto's verscheurd hebt?'

'Nee.'

'We moeten haar bellen.' Hij pakte zijn mobiel uit zijn jaszak.[20]
'Weet jij haar nummer?'

Dat wist ik, maar ik wilde niet bellen. Stel je voor dat ze boos was, omdat ik zo'n scène gemaakt had. 'Wat moet ik zeggen? Wij hebben met elkaar gemaild over jouw borsten.'

'Nee. Zeg maar dat ze hiernaartoe komt voor een pizza.'

Ik zag er als een berg tegenop.

'Kom op,' ging Noel door. 'Ze is vast helemaal overstuur. Ze heeft ook wel eens behoefte aan een beetje Italiaans genieten.'

'Misschien is ze wel bij Cricket.' Crickets ouders waren nooit thuis.

'Als dat zo is, komt ze niet. Maar misschien is ze wel alleen thuis met haar joekels.' Hij lachte.

'Ik wist helemaal niet dat jij Nora aardig vond,' zei ik, om tijd te rekken.

---

[20] Iedereen op Tate, zelfs brugklassers, heeft een mobieltje. Behalve ik.

'Ik vind iedereen aardig die niet past in het Tate-universum.'

'Vind je dat zij daar niet in past?'

Hij dacht na: 'Vroeger misschien wel. Dat gold voor ons allemaal. Maar tegenwoordig zie ik haar vaak alleen, toch.'

Ik pakte de telefoon en toetste Nora's nummer. Ze antwoordde toen haar mobiel voor de tweede keer afging. 'Met Roo,' zei ik.

'Waar zit jij?' vroeg ze. 'Met wiens mobieltje bel jij?'

'Dat van Noel,' zei ik en haalde diep adem. 'Wij zijn bij Pagliacci. Heb je zin om ook te komen?'

Ze was een paar straten verder in de universiteitsboekhandel. Ze was fotoboeken aan het bekijken, omdat ze verder toch niets te doen had. Toen ze binnenkwam, bestelde ze een pizza en kwam bij ons zitten.

We hadden het niet over joekels of over foto's of over de activiteiten van het Bevrijdingsfront. Het zou ons toch niet lukken om de foto's van Cabbie te pakken te krijgen.

'Wat doe jij met de novemberweek?' vroeg Nora aan Noel.

'Ik weet het niet. Vorig jaar heb ik "Een zijn met de bal" gedaan, met een stel mensen van hardlopen. Onze coach had ons overgehaald. Het was waardeloos.'

'Ik weet het ook nog niet,' zei Nora. 'Cricket en Katarina en die jongens doen Mount Saint Helens, maar Cabbie en Darcy ook. Dus dat doe ik in elk geval niet, na vandaag.'

'Genoeg daarover.'

'Ik doe Canoe Island,' stelde ik voor.

'O ja?' zei Noel, plotseling enthousiast. 'Met wie?'

'Met niemand. Met mezelf.'

'Ze smacht van verlangen naar meneer Wallace,' lachte Nora. Ze begon weer een beetje zichzelf te worden.

'Daar gaat het niet om,' protesteerde ik. 'Nou ja, ik vind hem wel aardig. Maar het lijkt me gewoon leuk.'

'Mooi. Dan ga ik ook mee.' Noel legde met een beslist gebaar zijn handen op tafel.

'Bedoel je dat je ook Canoe Island doet?'

'Ja. Zeker. Als jij 't doet.'

'Ik ga ook mee,' zei Nora, terwijl ze de korst van haar pizza scheurde. 'Als jullie meegaan.'

Daar bleef het bij.

We gingen naar Canoe Island.

We waren 'wij'.

Voor het eerst sinds maanden voelde ik me geen leproos.

7. Neanderthalers aan de telefoon, of: hoe voer je een gesprek?

Wij van *Het jongensboek* hebben geconstateerd dat telefoongesprekken met leden van de andere sekse voornamelijk pijnlijk en gênant zijn. Voorbeelden van die ellende zijn te vinden op bladzijde 14, 'Traumatische telefoontjes, e-mails en msn-gesprekken'. Het probleem is echter zo wijdverbreid dat we hebben besloten een nieuwe bladzijde te maken, in de hoop het niet bij klagen te laten maar de situatie daadwerkelijk te verbeteren.

We weten wat je nu denkt. Meisjes hoef je niet te leren hoe je een telefoongesprek moet voeren.

Wij zijn er experts in.

Sommigen van ons zijn zelfs medaillekanshebbers.

Het probleem zit 'm in de jongens. Zij kunnen wel wat telefoontraining gebruiken.

Juist. Juist.

Maar…

Jongens leren niets bij. Ze lezen geen tijdschriften of leerzame werkjes als dit, die hun vertellen hoe ze een telefoongesprek met meisjes moeten voeren. En ze komen er ook niet zomaar achter. Het is een bewezen feit dat zelfs bonafide vriendjes, zoals Finn, Jackson en Kaleb, aan de telefoon worden getroffen door een verlammende stompzinnigheid en saaiheid. Alleen júllie, vriendinnen, kunnen daar iets aan doen.

Enkele beproefde tips:

1. Geen gevoelens. Niet als je ze kunt vermijden. Hou je gevoelens voor je.
2. Geen lange stiltes. De mannelijke soort heeft een hekel aan lange stiltes. Valt hij stil tijdens een gesprek, zeg dan: 'Ik moet weg, ik zie je nog wel.' En hang op. Dat komt geheimzinnig en verleidelijk over. En anders wordt het gesprek tenminste niet nóg pijnlijker.
3. Er wordt wel gezegd dat je jongens niet moet bellen, je moet wachten totdat

ze jou bellen. Hallo! We leven in de 21ste eeuw! Wij kunnen ze dus gewoon bellen.

4. **Maar zorg wel dat je een reden hebt. Bel niet 'om even te praten', want ze hebben niks om over te praten. Zorg dat je iets te vertellen hebt, vraag of ze zojuist een programma op de tv hebben gezien, vraag iets over het huiswerk of maak plannen voor het weekend.**

– geschreven door mij en Kim, in mijn handschrift. Vermoedelijk tijdstip: november in de vierde, na een lang, sloom telefoongesprek met Jackson, waarbij ik me niet kon voorstellen dat wij iets met elkaar hadden, zo weinig hadden we elkaar te vertellen, en een gesprek van Kim met Finn, waarbij ze bijna tot de conclusie kwam dat hij een veel te grote sukkel was om haar vriendje te zijn. Onder aan de bladzijde was nog ruimte voor meer tips – alleen hebben we die nooit meer bedacht.

Voordat ik Angelo belde, las ik eerst de instructies uit *Het jongensboek* nog eens door.

Ik was supernerveus, omdat ik hem weer wilde zien. Ik bedoel met hem vrijen, als ik eerlijk moet zijn. Het leek erop dat er met Noel niet meer in zat dan vriendschap. En Jackson had niet een keer meer iets tegen me gezegd.

Ik herinnerde me de warmte van Angelo's lippen op mijn hals, de manier waarop hij de knoopjes van mijn bloesje had losgemaakt en de perfecte welving op de plek waar zijn onderlip overging in zijn kin. Maar ik was er niet zeker van dat we elkaar iets te vertellen hadden.

Ik stelde me voor dat ik hem zou vragen of hij zin had om mee te gaan naar *Cry Baby*, een film van John Waters, die draaide in die retrobioscoop in het U-district. Dan konden we het misschien over John Waters hebben. Of over Johnny Depp, Iggy Pop of Ricki Lake, die allemaal in die film meedoen.

Juana nam de telefoon op.

Argh. Ik was helemaal vergeten dat Juana zou opnemen.

Nu leek het wel alsof ik die kwestie met Angelo aan mijn ouders wilde vertellen. Dat was beslist geen goed idee.

'Hoi, Juana, met Ruby. Is Angelo er?'

'Nee Roo, hij is bij zijn vader deze week. Wil je het nummer hebben?'

'O, eh, nee, dat hoeft niet. Het is niet belangrijk. Ik wilde hem iets vragen.'

'Je kunt hem bij Maximillian bellen,' zei ze en gaf me het nummer.

Ik schreef het op en hing op.

Maar ik belde niet.

Ik keek naar de telefoon en dacht na. Als ik Angelo bij zijn vader belde, zou het heel anders overkomen. Niet als iets wat zomaar gebeurde, omdat onze werelden met elkaar in contact kwamen, maar als iets wat ik bewúst deed. Iets wat veel belangrijker, gewichtiger was, veel meer dan dat luchtige, geheime dat we tot nu toe met elkaar hadden.

Terwijl ik daar zo zat, ging de telefoon. 'Neem jij hem?' gilde mijn moeder uit de badkamer. Ze had juist gedoucht en stond zich af te drogen. Mijn vader zat achter zijn computer etiketten te printen voor zijn catalogus en kernachtige tips te schrijven voor zijn nieuwsbrief. Hij was helemaal verzonken in zijn minirozenwereldje.

Ik nam op. 'Met dokter Z, Ruby.'

O god.

Ik was mijn afspraak glad vergeten en had niet gebeld.

'Ik bel je even om te informeren of je een nieuwe afspraak wilt maken voor die keer dat je niet geweest bent.'

'O, mm.' Ik was helemaal in de war. 'Sorry, er kwam iets tussen.'

'Dat kan,' zei ze, 'maar weet je dat ik afspraken die je niet twaalf uur van tevoren hebt afgezegd in rekening kan brengen?'

Dat wist ik niet.

Mijn ouders betalen die therapie. Ze hoeven niet zo veel te betalen, omdat dokter Z een glijdende schaal hanteert. Dat wil zeggen dat je betaalt wat je je kunt permitteren. Maar ik wist wel dat ze er niet om zaten te springen dokter Z te betalen omdat ze in haar eentje in haar spreekkamer had zitten wachten terwijl ik pizza had zitten eten met Noel.

'Ik geloof niet dat ik kan,' antwoordde ik. 'Morgenmiddag en zaterdag moet ik in de dierentuin werken.'

'Nou,' zei ze, 'dan zie ik je volgende week dinsdag weer. Ik hoop dat er niets ernstigs was?'

'Nee hoor.'

'Mooi. Dinsdag dus,' zei ze. 'Maar Ruby?'

'Ja?'

'Als je weer een afspraak mist, moet ik het doorgeven aan je ouders.'

Vrijdag ging alles goed. Beter dan eerst. Nora kwam bij de lunch bij mij, Noel en Meghan zitten. Meghan had niet veel meer verteld over haar nieuwe afspraken met Bick. Ze had het veel minder vaak over hem dan voordat hij was begonnen over 'verlichting' en het 'uitbuiten van zijn studietijd'. Ik vond dat ik haar niet rechtstreeks kon vragen: 'Hé, gaat je vriendje vreemd? Weet je wel zeker van niet?'

Dat deed ik dus maar niet.

Vrijdagmiddag kreeg ik in de dierentuin een pinguïntraining en leerde ik hoe ik mijn tekst moest voorlezen. 'Humboldt-pinguïns worden in hun voortbestaan bedreigd. Vroeger werd erop gejaagd vanwege het vlees, de vacht en de olie uit de onderhuidse vetlaag. Tegenwoordig is de commerciële visvangst het grootste gevaar.' En: 'Het geluid dat pinguïns voortbrengen, lijkt wel wat op het geschreeuw van apen. Ze communiceren ook met hun hoofd en vinnen.'

Op zaterdag kreeg ik een training voor de kinderboerderij en hielp ik Lewis weer bij het planten. Ik ging met Meghan naar *Cry Baby* en op de terugweg zaten we te zwijmelen over hoe sexy Johnny Depp in zijn jonge jaren was. Op zondag maakte ik een werkstuk en deed ik een boel huiswerk voor wiskunde. Verder liep ik in de kas mijn vader en Hutch voor de voeten.

Om een uur of negen 's avonds ging de telefoon.

'Mijn moeder zei dat je gebeld had.' Het was Angelo.

'Ja, dat klopt. Een paar dagen geleden.'

'Ik was bij mijn vader.'

'Dat vertelde je moeder.'

'Hoe is het?'

'Goed.'

Lange stilte. Zo'n stilte die je eigenlijk voorkomen wilt.

Maar het lag niet aan mij. Ik was helemaal onvoorbereid.

'Is er iets?' vroeg hij ten slotte.

'Nee hoor. Ik heb de hele dag huiswerk gemaakt.'

'Ik bedoel, waarom had je gebeld?'

'Ik wilde weten of je mee naar de film wilde, *Cry Baby*.'

'Misschien. Wat is het voor film?'

'Ik heb hem al gezien,' zei ik. 'Ik ben met mijn vriendin Meghan geweest.'

'O.'

'Ja.'

'Nou.'

'Hij was goed.'

'Cool.'

'Een soort jaren-vijftigfilm. Een musical. Van John Waters, die ook *Pecker* en *Hairspray* gemaakt heeft.'

'O ja, die. Ik geloof dat ik hem wel ken.'

'Die met dat snorretje.'

'O? Misschien ken ik hem toch niet.'

Weer stilte.

Was hij boos dat ik hem niet bij zijn vader had gebeld? Of dat ik zonder hem naar de film was geweest?

Ik wist niet hoe ik daarover moest beginnen. En bovendien, er was geen sprake van dat ik over gevoelens kon praten met zo'n overduidelijke telefoonneanderthaler als Angelo.

Wilde ik trouwens wel vrijen met iemand die niet eens wist wie John Waters was?

'Oké,' zei ik. 'Bedankt voor het terugbellen. Ik moet nu weg.'

'Oké. Dag.' We hingen op.

Even later ging de telefoon weer. 'Roo?' Het was Angelo weer.
'Ja?'
'Ik geef je mijn mobiele nummer. Voor het geval je wilt bellen. Ik bedoel, je hoeft niet, maar als je wilt...'
'Goed,' zei ik. 'Even een pen pakken.'
Ik nam een pen en schreef het nummer op. 'Oké, ik heb het.'
'Mooi,' zei hij.
'Dank je.'
'Tot ziens dan.'
'Yep.'
Geen antwoord meer van Angelo.
'Ik moet weg,' zei ik.
'Oké. Dag.'
Het leek wel alsof de tips uit *Het jongensboek* helemaal niet geholpen hadden.

Maandag ging alles goed. De roddels over Nora's boezem leken te zijn verstomd, en Noel vertelde me dat hij alle opmerkingen op de wc-muren met een dikke, zwarte marker had doorgekrast. Maar op dinsdag zat ik op de trappen voor de ingang van het hoofdgebouw en probeerde *De rode letter* uit te lezen voor Amerikaanse literatuur, toen Jackson naast me neerplofte.
'Hé, Ruby Oliver,' zei hij.
'Hé meneer Clarke.'
Waarom kwam hij naast me zitten? Waarom zei hij iets tegen me?
Wilde ik wel dat hij iets tegen me zei?
'Nog nieuws? Ik heb je zo lang niet gezien. Hoe was de zomervakantie?'
'Ik ben met mijn moeder op stap geweest. Ze was op tournee met een show.'
'Elaine,' zei hij veelbetekenend. 'Werd je niet kierewiet van haar?'
Ik vond het leuk als hij dat soort uitdrukkingen gebruikte. Kie-

rewiet. Uitdrukkingen die niemand anders gebruikte, alsof hij ze van zijn opa had overgenomen. En ik vond het ook leuk dat hij van alles wist over mijn moeder, zodat ik het niet hoefde uit te leggen.

Hij deed net alsof we vrienden waren. Alsof alles normaal was.

Misschien dacht hij dat als hij normaal deed alles ook weer normaal wás. Misschien ging hij ervan uit dat ik niet meer boos op hem was.

Misschien moest ik ook wel niet meer boos op hem zijn.

Moest ik niet allang over mijn boosheid heen zijn? Als ik psychisch normaal was, zou ik het dan niet gewoon leuk vinden als mijn ex-vriendje me gedag kwam zeggen?

Of zou iemand die psychisch normaal was, laten merken dat ze nog boos was en zeggen: 'Jackson, ik vind je een klootzak en ik wil niet doen alsof we vrienden zijn na alles wat er gebeurd is,' en dan weglopen?

Als mijn geest gefunctioneerd had, zou ik dát gezegd hebben. Daarna zou ik nooit meer met hem gesproken hebben – of ik zou kalm en vriendelijk met hem gepraat hebben alsof er nooit iets vreselijks gebeurd was.

Maar mijn geest functioneert niet. Ik zou echt niet weten hoe je een van die twee dingen kunt doen.

Ik was niet relaxed of boos, ik was gelukkig. Zo gelukkig dat Jackson geen pod-robot meer was die zich niet eens bewust was van mijn bestaan. Als hij zo deed (en zo had hij gedaan sinds het begin van het schooljaar en zelfs nadat hij mij die briefjes had geschreven), had ik het gevoel alsof ik helemaal in het niets verdween. Alsof ik eerst iemand was, Ruby, een meisje met mooie benen en een vriendje, en daarna helemaal niets meer – een ruimte waar ooit een mens was geweest.

Na die briefjes was het zelfs nog erger geworden. Het leek immers alsof een heel klein stukje van Jackson me nog wel zag en me zich nog wel herinnerde, en de rest een pod-robot. Door die briefjes kon ik daar maar niet aan wennen. Het had misschien gekund als hij consequent was geweest. Elke keer dat die pod-robot me in de gang tegenkwam en nog niet eens naar me keek, werd ik er weer van doordrongen dat ik helemaal in het niets verdwenen was.

'Ik ben naar San Francisco geweest,' zei hij. 'Ik denk erover me in te schrijven voor Berkeley.'

'Cool,' zei ik. 'Dat schijnt geweldig te zijn.' Ik keek naar mijn benen. Ik had netkousen aan en voelde me zo gelukkig dat het niet normaal meer was. Ik sloeg mijn knieën over elkaar en zag Jackson naar beneden kijken.

Kim Yamamoto heeft heel veel gereisd. Ze kan zeilen en weet van alles over eten. Ze is rijker en aantrekkelijker dan ik en bovendien heeft ze een platte buik en geen bril.

Vergeleken bij haar had ik niet veel te bieden, behalve dan mooiere benen. Maar misschien was ik meer een gekke, onvoorspelbare meid; het soort meisje dat in films een onweerstaanbare aantrekkingkracht heeft op conservatievere mannen.[21] Misschien kon ik hem van het rechte pad afbrengen en ervoor zorgen dat hij smoorverliefd werd op mijn eigenzinnige, onafhankelijke geest.

'Ga jij zaterdag naar het feestje van Kyle?' vroeg Jackson.

Het was voor het eerst dat ik van dat feestje hoorde. Als ik ernaartoe ging zou het zeker uitdraaien op een nachtmerrie. Maar om zulke dingen zou een meisje met een eigenzinnige, onafhankelijke geest zich niet druk maken. 'Misschien,' jokte ik. 'Misschien samen met mijn vriendje.'

Jackson keek verbaasd. 'Heb je een vriendje? Leuk, Roo. Fantastisch.'

'Hij zit op Garfield,' zei ik. 'Hij heet Angelo. Misschien heb je hem wel gezien op de afterparty van het Lentefeest?'

'O,' zei Jackson, 'Ja, dat zou kunnen.'

---

[21] Films waarin een wilde meid een betoverende en ontwrichtende uitwerking heeft op het leven van een verder gewone (maar aantrekkelijke) man: *Along came Polly. Something Wild. Pretty Woman. Addicted to Love. Bringing Up Baby. Chasing Amy. What's Up, Doc? Cabaret. The Seven Year Itch. Garden State. Eternal Sunshine of the Spotless Mind. Moulin Rouge. Breakfast at Tiffany's. My Fair Lady. Funny Face. Annie Hall* en *Sleeper* (oké, Woody Allen is niet aantrekkelijk of gewoon, maar toch).

'We zien elkaar vaak,' ging ik door. Ik haatte mezelf terwijl ik het zei, maar ik genoot van de uitdrukking op Jacksons gezicht.

'Nou,' zei Jackson, terwijl hij opstond. 'Angelo boft.'

'Ik weet niet waarom ik loog,' zei ik dinsdag tegen dokter Z.

Ze glimlachte neerbuigend. 'O nee?'

'Oké, wel natuurlijk.'

'Waarom dan?'

'Ik wilde hem kwetsen.'

'En?'

'Omdat het lijkt alsof Jackson wílde dat ik treurig was en liefdesverdriet had. En nu denkt hij dat dat niet zo is. Nu is hij teleurgesteld dat ik geen liefdesverdriet heb.'

'Mm, mm.'

'Ergens diep in zijn hart wist hij wel dat hij bij me terug kon komen als hij dat wilde. Dat deel van hem dat geen pod-robot is, wil die keuzemogelijkheid openhouden. Terugkomen bij mij bedoel ik. Alsof een deel van hem nog steeds die band wil houden die we vroeger hadden.'

'Omdat hij je briefjes schreef?'

'Ja. Daardoor laat hij merken dat hij me nog steeds leuk vindt. Maar aan de andere kant lijkt het alsof hij wil dat ik helemaal gelukkig ben zonder hem, want dat zou betekenen dat hij niks verkeerds heeft gedaan. Door te doen alsof ik een vriendje had, heb ik hem dus misschien wel precies verteld wat hij wilde horen.' Ik zuchtte. 'Ik weet het niet meer.'

'Wil je zeggen dat je jokte omdat je hoopte dat hij dan weer belangstelling zou krijgen? Of loog je om hem gerust te stellen?'

'Jee,' zei ik bits. 'Het was maar een klein leugentje. Niks ernstigs.'

'Oké,' zei ze. 'Ik probeer alleen maar uit te vinden wat erachter zit.'

'Dat zei ik toch. Ik loog om hem te kwetsen.'

'Mmm, mm.'

'Dat is alles.'

Dokter Z stak een stukje Nicorette-kauwgum in haar mond. 'We moeten het er nog over hebben, Ruby, waarom je vorige week donderdag niet bent komen opdagen.'

Dokter Z verandert anders nooit van onderwerp. Meestal laat ze mij bepalen waar we het over hebben.

Ik haalde mijn schouders op. 'Ik vond het gewoon niet nodig.'

'Je vond het gewoon niet nodig.'

'Mijn vriend Noel vroeg of ik mee een pizza ging eten. En ik heb bijna geen vrienden, dus ik wilde wel.'

'Mm, mm.'

'Bent u boos op me?'

'Nee.'

'Het lijkt alsof u boos op me bent.'

'Nee.'

'Mijn ouders betalen die afspraak wel.'

'Daar gaat het niet om. Het gaat om je betrokkenheid bij het therapeutisch proces.'

Ik haalde diep adem. 'Vindt u dat ik nog door moet gaan?'

Dokter Z zuchtte. 'Ik denk dat je nog van alles te bespreken hebt, ja, maar in principe ben jij degene die dat uitmaakt. En je ouders.'

'Het kost zo veel tijd.'

'Dat is waar.'

'Ik heb het gevoel dat u zegt dat ik de verkeerde keuzes maak. Dat ik geen pizza moet gaan eten met Noel. Dat ik niet had moeten liegen tegen Jackson, of met hem had moeten flirten, of hem briefjes had moeten sturen. En dat ik niet moet rotzooien met Angelo. Dat u vindt dat ik mijn leven verpest.'

'Dat heb ik nooit gezegd, Ruby.'

'Dat weet ik wel,' zei ik terwijl ik aan de zoom van mijn rok frummelde. 'Maar het lijkt alsof u dat denkt.'

Dokter Z leunde voorover in haar stoel en trok een ernstig gezicht: 'Ik zit hier niet om een oordeel over jou uit te spreken.'

'Dat is misschien zo, maar u geeft me een rotgevoel.'

'Ruby,' zei ze, 'jij bent de enige die jezelf een rotgevoel kan geven.'

'Dat is niet waar.'

Ze zweeg. We keken elkaar even aan. Toen keek ik naar de ronddraaiende secondewijzer van de klok. 'Ik geloof dat we het al een tijdje niet over Angelo gehad hebben,' stelde ze ten slotte voor.

'Dat komt omdat ik denk dat u dat afkeurt,' schreeuwde ik. 'U vindt mij een slet, of u vindt dat ik de verkeerde keuzes maak, dat ik hem gebruik of dat ik me laat gebruiken.'

'Ik zit hier niet om iets goed- of af- te keuren,' zei dokter Z kalm.

'Juist,' zei ik sarcastisch.

'Dat is niet zo. Ik zit hier om je te helpen erachter te komen wat je voelt.'

'Nou, ik heb het gevoel dat u dat met Angelo afkeurt en daarom vertel ik het u niet.' Ik sloeg mijn armen over elkaar.

'Weet je wat overdracht is, Ruby?' vroeg dokter Z.

'Nee.'

'Overdracht is als iemand die in therapie is zich tegen de therapeut gedraagt alsof het iemand anders uit zijn leven is. Dat gevoelens voor iemand anders op de therapeut worden gericht.'

'Oech.'

'Het is een normaal onderdeel van het therapeutisch proces.'

'Ik haat het als u zo therapeuterig over me praat.'

'Oké. Ik wil alleen maar zeggen dat je misschien wel boos bent op jezelf of boos op iemand anders in je leven.'

'U wilt gewoon niet dat ik boos op ú ben, daarom komt u met die overdracht,' zei ik. 'Maar u doet wél akelig tegen mij en u geeft me wél een rotgevoel.'

'Het is best als je boos op me bent, als je dat écht bent.'

'Nou, reken maar,' zei ik.

We bleven vijf minuten zitten zonder iets te zeggen. Toen was het uur voorbij.

'Ik wil donderdag niet meer komen,' zei ik, terwijl ik opstond om weg te gaan. 'Ik geloof dat ik helemaal niet meer wil komen.'

Huilend reed ik naar huis. Het leek allemaal zo'n puinhoop. Op mijn kamer probeerde ik mijn gedachten op een rijtje te zetten.

Mijn gevoelens: een lijst van mogelijkheden.

1. *Trots op mezelf dat ik ophoud met therapie. Het is zonde van mijn tijd.*
2. *Boos op mezelf dat ik ophoud met therapie. Het is duidelijk dat ik een hopeloos geval ben, dat dringend professionele hulp nodig heeft.*
3. *Trots op mezelf dat ik dokter Z heb verteld hoe ik me voel over haar rottige houding.*
4. *Boos op mezelf, omdat ik niet weet waarom ik eigenlijk kwaad ben.*
5. *Trots op mezelf dat ik achter Jackson ben aan gegaan en heb geprobeerd te krijgen wat ik wil.*
6. *Boos op mezelf dat ik tegen hem heb gelogen en oneerlijk ben geweest.*
7. *Boos op mezelf dat ik geprobeerd heb iemands vriendje in te pikken.*
8. *Trots op mezelf dat ik eerlijk ben tegen Angelo (soms) en heerlijk gerotzooid heb.*
9. *Boos op mezelf dat ik Angelo gebruik (maar gebruik ik hem? Ik weet het niet).*
10. *Boos op mezelf dat ik zo onzeker ben en misschien ook wel sletterig, omdat ik twee (misschien wel drie) jongens tegelijk leuk vind (want als ik eerlijk ben, moet ik bekennen dat ik me ook tot Noel aangetrokken voel).*
11. *Trots op mezelf dat ik vriendschap heb gesloten met Noel en het goed heb gemaakt met Nora.*
12. *Trots op mezelf dat ik Canoe Island heb gekozen, zonder te letten op wie er verder meegaat en of ze wel met mij willen lunchen. Daarom ben ik:*
13. *Trots op mezelf dat ik vooruit ben gegaan met de therapie (ik heb geen angstaanvallen meer en ook op andere punten ben ik gegroeid). Dat leidt wel weer tot een neerwaartse spiraal, want ik ben:*
14. *Boos op mezelf dat ik mijn therapie heb verknald. Het is het enige*

waardoor het me het laatste halfjaar gelukt is uit het gekkenhuis te blijven.

Toen bonsde mijn moeder op de deur om te zeggen dat het eten klaar was. Ik vertelde mijn ouders dat ik ophield met de therapie. Ze slaagden erin er onder het eten hun mond over te houden, maar later, toen ik naar bed was, hoorde ik ze ruziën.

Mijn vader zei dat ik een moeilijke periode achter de rug had en dat ik het nu misschien wel weer zelf aankon. Zelfstandig worden is tenslotte waar het allemaal om draait bij volwassen worden.

En mijn moeder zei: 'Wees reëel, Kevin. Ruby is zo neurotisch als wat en ik wil niet dat ze die angstaanvallen weer krijgt. Bovendien zit ze seksueel duidelijk in de knoop. Ik wil dat ze in therapie blijft.'

Raad eens wie er won?

De volgende dag na school vertelde mam me dat ze de volgende week een afspraak voor me had gemaakt bij een psychotherapeut in de buurt die werd geaccepteerd door onze ziektekostenverzekering. 'Probeer die maar eens,' zei ze. 'Als je dokter Z niet meer leuk vindt, oké. Maar ik wil dat je deze man uitprobeert. Bovendien, hij woont maar een paar straten verderop, dus dan hoef je niet met de auto. Om je eerlijk te zeggen, dat maakt mijn leven een stuk makkelijker.'

'Mam, ik had toch gezegd dat ik ophield.'

Ze stak boos haar handen in de lucht. 'Je geeft de strijd toch niet op!'

'Ik geef niks op. Ik geef alleen die therapie op.'

'Hier valt niet over te discussiëren, Ruby. Je moet naar therapie.'

'Ik heb al in geen eeuwigheid een angstaanval meer gehad.'

'Je moet werken aan de oplossing van je problemen,' zei mijn moeder. 'Discussie gesloten.'

Ik rende het huis uit, smeet de deur achter me dicht, en ging naar Meghan. Die vertelde me dat haar psych had gezegd dat een droom waarin ze in de wiskundeles naakt voor de hele klas stond een soort wensvervullingsfantasie was. Vergeleken bij zo iemand was dokter Z nog heilig.

Toen ik die avond laat thuiskwam, stond er een boodschap van Jackson op het antwoordapparaat. 'Je moet echt naar het feestje van Kyle komen,' zei hij. 'Voor het geval je het adres niet hebt, ik spreek het nu in.'

Natuurlijk wist hij dat ik het adres had. Het stond in het schooladresboek.

8. Jongenstaal: inleiding in een vreemd taaltje

Wat hij zegt: Dit heb ik nog nooit gevoeld.
Wat jij begrijpt: Hij houdt van me!
Wat hij bedoelt: Kunnen we nu overgaan tot de lagere regionen?

Wat hij zegt: Ik bel je nog.
Wat jij begrijpt: Hij belt me nog.
Wat hij bedoelt: Ik wil je niet meer zien.

Wat hij zegt: Het ligt niet aan jou, het ligt aan mij.
Wat jij begrijpt: Hij heeft een groot probleem in zijn leven en daardoor kan hij geen relaties aangaan, ook niet met mij, hoeveel hij ook van me houdt.
Wat hij bedoelt: Ik ben verliefd op iemand anders.

Wat hij zegt: We zijn gewoon goede vrienden.
Wat jij begrijpt: Er is niets tussen hem en dat andere meisje.
Wat hij bedoelt: Wij hebben een flirt, maar ik wil dat je ophoudt met zeuren.

Wat hij zegt: Ik ben zo in de war.
Wat jij begrijpt: Hij heeft mijn steun en hulp nodig.
Wat hij bedoelt: Ik wil dat je me met rust laat.

– geschreven door mij, Cricket en Nora, de maandag nadat Jackson het met mij uitmaakte. Vermoedelijk tijdstip: april in de vierde.

Ik was serieus van plan naar het feest van Kyle te gaan. Natuurlijk wist ik dat er allerlei verschrikkelijke situaties konden ontstaan, maar vooruit – het kon allemaal niet veel erger zijn dan wat ik elke dag op school meemaakte.

1. Jongens die me een slet vinden en allerlei opmerkingen maken.
2. Jongens die me een gefrustreerde feministe en een bitch vinden, omdat ik de foto's van Cabbie verscheurd heb.
3. Meisjes die me een slet vinden die hun vriendjes probeert in te pikken.
4. Meisjes die me een leproos vinden en die bang zijn te worden besmet met rare blauwe vlekken als ze met me praten.

Maar ik dacht dat ik wel met Nora kon gaan, als zij zin had. Misschien was het dan makkelijker. Meghan wilde ook gaan, omdat ze haar aandacht probeerde af te leiden van die toestanden met Bick. Een paar meisjes van het zwemteam gingen ook en die waren altijd redelijk aardig.

En Jackson.

Hij wilde dat ik ging. En daarom wilde ik ook.

Maar dat veranderde allemaal op zaterdagmiddag.

Ik was aan het werk in de dierentuin. 's Ochtends had ik in de kinderboerderij peuters geholpen voer uit de dispensers te halen en had ik vragen beantwoord over de namen van de lama's en de geitenrassen. Ik had de zachte, grijze hals van de lama's gestreeld en Maggie de koe een paar handjes korrelvoer gegeven. Met haar glibberige tong likte ze het van mijn vingers.

Daarna hielp ik Lewis een beetje in de kas met planten water geven en snoeien. Ik at mijn lunchpakketje op bij het olifantenverblijf, terwijl ik keek hoe een babyolifantje om zijn moeder heen drentelde.

Om twee uur werden de pinguïns gevoerd. Ik kende mijn tekst van buiten, maar ik had een uitdraai ervan opgevouwen in mijn zak zitten. Anya stond me op te wachten bij de deur van de geluidscabine. Ze kwam me helpen, omdat ik pas voor het eerst officieel omroeper was bij de pinguïns. De voedingstijden hingen in de hele dierentuin en een paar minuten voordat we zouden beginnen, verzamelde zich een groep bezoekers rond de pinguïns. Ze stonden toe te kijken hoe de dieren met hun dikke lijf door het blauwe water zwommen.

Het was donker in de ruimte en de pinguïns op het landgedeelte van het verblijf leken te voelen dat het bijna voedertijd was; een heel stel pinguïns waggelde naar de deur en stond daar te wachten tot de oppassers met emmers vis naar buiten kwamen.

Ik stond op een krukje en begon met mijn praatje op een teken van Anya. 'Welkom vandaag bij het voeren van de Humboldt-pinguïns van Woodland Zoo Park. Zoals u ziet zijn Humboldts middelgrote pinguïns. Ze zijn ongeveer 65 centimeter lang en wegen ruim vier kilo. Ze onderscheiden zich van andere pinguïns door de zwarte band die over hun borstveren loopt en door de grillige, roze vlekken op hun gezicht en voeten. Die roze gedeeltes zijn kale huid. Het is een aanpassing waardoor deze pinguïns bij warm weer lekker koel blijven. Humboldts leven van nature in de kustgebieden van Peru en Chili.'

Toen de oppassers met hun rubberen knielaarzen het verblijf binnenkwamen, keek ik op van mijn papier. Pinguïns sprongen uit het water en waggelden met hun bek open naar de emmers. 'Ze weten heel goed dat het etenstijd is!'

Ik keek naar het publiek. Daar stond Jackson, met zijn rug naar me toe, naar de pinguïns te kijken.

Jackson en een meisje.

Een meisje dat ik nog nooit gezien had. Een waanzinnig knap zwart meisje, met een hoofd vol kleine dreads.

Een meisje dat in het donker haar hand uitstak en zijn hand pakte.

'Als je niet van vis houdt, kun je maar beter geen pinguïn zijn,' piepte ik. Ik voelde dat Anya's ogen op mij gericht waren. 'De oppassers voeren ze ansjovis, een kleine soort die leeft in de wateren voor de Zuid-Amerikaanse kust. Humboldts eten ook wel inktvissen en schaaldieren.'

Jackson boog naar het meisje toe en fluisterde haar iets in het oor. Ik voelde mijn gezicht warm worden. Mijn mond was kurkdroog en ik kon bijna geen woord meer uitbrengen.

'Ze hoeven geen water te drinken, omdat ze genoeg zeewater binnenkrijgen als ze de vis doorslikken. Maar zoals alle pinguïns hebben ze een speciale klier die het zout uit hun lichaam afscheidt.'

Ik werd overspoeld door hetzelfde misselijke gevoel dat ik vorig jaar ook elke dag in de mensa had gehad als ik Jackson en Kim samen zag. Ik kon mijn ogen niet van Jackson afhouden. Zou hij mijn stem herkennen en zich omdraaien?

Had hij mijn stem al herkend?

'Een paar grappige weetjes over Humboldt-pinguïns,' zei ik, terwijl ik de tekst met trillende handen voor me hield. 'Ze kunnen zwemmen met een snelheid van wel 45 kilometer per uur. Daarbij stuwen ze zich voort met hun vleugels en sturen ze met hun voeten die zijn voorzien van zwemvliezen. Na het paren legt het vrouwtje twee eieren. Die worden vervolgens uitgebroed door zowel papa als mama, een mooi voorbeeld van gedeeld ouderschap!'

Jackson draaide om het meisje heen en legde zijn armen om haar heen. Hij stond achter haar en drukte haar tegen zich aan.

Ik kon er niet meer tegen en sloeg een heel stuk van mijn tekst over. Ik had nog moeten vertellen dat de Humboldts bedreigd werden door de commerciële visvangst en dat ze communiceerden door met hun vinnen te zwaaien. 'Nou,' zei ik zo snel mogelijk, 'u ziet dat ze bijna klaar zijn met hun lunch! Dank u voor uw bezoek aan de Humboldt-pinguïns. We wijzen u erop dat om vier uur de reuzenpythons worden gevoerd in het reptielenhuis.'

Ik stapte zo snel ik kon van het krukje en begon het karretje met de apparatuur terug te duwen naar de geluidscabine, maar ik had zo'n haast dat ik vergat de microfoon uit te schakelen en de apparatuur los te koppelen, dus eerst begon de microfoon afgrijselijk te piepen en vervolgens kwam het snoer strak te staan en kiepte het karretje om.

Anya sprong naar voren om het op te vangen. Met zijn tweeën zetten we het zaakje weer overeind. 'Sorry, sorry,' mompelde ik, terwijl ik me bukte om het snoer uit het stopcontact te trekken.

Terwijl ik overeind kwam, kon ik het niet laten nog eens in Jacksons richting te kijken.

Hij keek me recht in mijn ogen.

Toen alle mensen weg waren en we de geluidsinstallatie hadden opgeborgen, kreeg ik een preek van Anya. Bla bla bla, niet goed voorbereid, bla bla bla, ze wist wel dat ik zenuwachtig was geweest en dat het mijn eerste keer was, bla bla bla, misschien had ik nog een training nodig, of anders moest ik nog maar een paar uur voor Lewis werken, als ik bang was om in het openbaar te spreken.

Ik luisterde nauwelijks naar haar.

Jackson ging uit met een ander. Achter Kims rug.

Zelfs na alles wat er vorig jaar gebeurd was, had ik nooit gedacht dat hij zoiets zou doen. Kim had me bezworen dat zij en Jackson pas aan hun gevoelens hadden toegegeven toen hij en ik uit elkaar waren en de gedachte dat ze zich aan de regels hadden gehouden, had me enigszins getroost. Dat ik niet compleet voor de gek gehouden, was. Dat ik hem niet gekust had terwijl ik in de waan was dat wij met elkaar waren, terwijl hij eigenlijk iets met iemand anders had.

Dat hij niet openlijk tegen me gelogen had.

Ik wist dat Jackson anders was dan ik had gedacht toen wij met elkaar gingen. Maar ik had altijd geloofd wat Kim had gezegd: toen ze iets met elkaar kregen, hadden ze beiden verblind door liefde iets gedaan wat ze normaal niet zouden doen. En alle gebeurtenissen tijdens het Lentefeestdebacle waren te verklaren als je er (zoals mijn vader) van uitging dat Jackson in de war was en verscheurd werd door emoties.

Maar nu was hij niet in de war en verscheurd. Hij keek naar het voeren van de pinguïns. Hij had een vriendinnetje in Tokyo dat pas vier weken weg was en in de wintervakantie terugkwam.

En hij ging uit met iemand anders.

Toen ik thuiskwam, belde ik Nora en Meghan op om hun te vertellen dat ik niet naar het feestje van Kyle ging.

Tegen Nora moest ik liegen. Ik kon haar niet vertellen dat ik Jackson in de dierentuin had gezien, of dat ik hem had teruggeschreven nadat ik een briefje van hem had gekregen.

Ik had haar nooit verteld dat uitgerekend hij me had uitgenodigd om naar Kyle te komen.

Dus zei ik dat ik een aanval van leproosheid had en thuis moest blijven.

Tegen Meghan vertelde ik wel alles. Ze zei dat ze absoluut niet zonder mij naar het feestje wilde en nodigde me uit om bij haar in het bubbelbad te komen zitten. Dat deden we dus. Terwijl we zaten te weken, dronken we blikjes frisdrank en keken uit over het meer. Het was kil buiten en uit het bubbelbad steeg stoom op, als een tropische nevel.

Ik deed het hele verhaal over Jackson uit de doeken, met alle afgrijselijke details. Het luchtte me op om het kwijt te kunnen. Maar zoals gewoonlijk was Meghans kijk op de zaak jammerlijk simpel. 'Vergeet het maar, Roo,' zei ze, 'Jackson betekent niets meer voor je en Kim ook niet. Laat toch zitten.'

Maar ze betekenden wél iets voor me. Ze waren verschrikkelijk belangrijk, zelfs na al die tijd.

'Bij yoga,' ging Meghan verder, 'leren we hoe je spanningen moet loslaten. Het gaat erom dat je je *overgeeft*, hoe moeilijk de situatie waarin je zit ook is, en dat je je ontspant. Je moet alles wat pijn doet van je afzetten.'

'Maar vind je dan niet dat je er wat van moet zeggen als iemand iets verkeerds doet met iemand anders, zelfs met iemand die je niet aardig vindt?' vroeg ik, terwijl ik me omhoogtrok en op de rand van het bad ging zitten.

'Je moet je er niet mee bemoeien,' zei Meghan en nam een slok van haar Sprite.

Ik gleed terug het water in en dook onder.

Op zondag kwam Nora bij mij. We keken naar een video van *Hairspray* en ze deed verslag van het feestje bij Kyle. Ze was met Cricket geweest. Ze had het volgende nieuws: Katarina had liggen rotzooien met Matt, een vriend van Jackson. Het scheen dat Ariel en Shiv ruzie met elkaar hadden en Nora had Ariel naar huis gebracht. Cricket en Heidi hadden het grootste deel van het feest staan flirten met een paar jongens uit de zesde, stud-muffins uit het basketbalteam, die ons het vorige jaar nooit opgevallen waren.

'Josh maakte een opmerking over mijn boezem,' vertelde Nora, 'en Noel nam het voor me op.'

'Was Noel er ook?'

'Noel gaat altijd naar feestjes, Roo. Hij dóét wel alsof hij er niet van houdt, maar hij gaat altijd. Hij kent al die jongens van hardlopen.'

Dat was waar. 'Wat zei hij dan tegen Josh?'

'Dat hij zich moest gedragen als iemand uit de eenentwintigste eeuw of dat hij anders maar moest oprotten.'

Een-nul voor het Bevrijdingsfront.

'Heb je Noel wel eens zien dansen?'

Dat had ik niet.

'Het is echt hilarisch. Niemand van de andere jongens zou zo durven dansen. Hij vertelde me dat hij afgelopen zomer met zijn broer homotenten in New York had bezocht.'

'Ja, dat heeft hij me ook verteld.'

Ergens vond ik de gedachte dat Noel en Nora ergens zonder mij waren geweest niet leuk. Maar dat is het soort bezitterige, jaloersemeid-gedachte dat ik beter niet kan hebben, dus zei ik er maar niets over. 'Wat zei Josh eigenlijk over je boezem?'

'Twee voorwerpen van schoonheid zijn een altijddurende vreugde.'[22]

Ik lachte. 'Best geestig. Dat moet je toch toegeven.'

'Ik vind hem zo'n hufter,' zei Nora. 'Je zou denken dat ik inmiddels wel een gevat antwoord klaar zou hebben, maar ik sta nog steeds als een idioot met mijn mond vol tanden en zou het liefst om me heen gaan meppen.'

'We moeten iets gaan bedenken om terug te zeggen. Voor als jongens op straat of in de gang iets tegen ons zeggen. Zodat we daarop voorbereid zijn.'

'Je bent een genie!' riep Nora.

En zo haalden we ten slotte *Het jongensboek* weer tevoorschijn. Nora had het niet meer gezien sinds maart, nog voor het debacle. We begonnen op een nieuwe bladzijde.

---

[22] Dat was een variatie op een citaat uit een gedicht. 'A thing of beauty is a joy forever.' We leerden het vorig jaar bij Britse literatuur. John Keats, de romantische dichter, zei: 'Een voorwerp van schoonheid geeft eeuwig vreugde.'

9. Gevatte antwoorden op domme opmerkingen

Stel je voor: je loopt door de gang en iemand zegt tegen je dat hij wel houdt van een lekkere dikke kont. Of je wandelt op straat en een schaftende bouwvakker roept: 'Lach 's tegen me, schatje.' Wat zeg je dan?

1. Welkom in de eenentwintigste eeuw, gast.
2. Als je eens wist hoe weinig me dit kon schelen.
3. Heb je je hoofd laten checken? Ik denk dat de garantie verlopen is.
4. Ik kan vandaag niet boos op je worden. Het is deze week de 'wees-lief-voor-dieren-week'.
5. Heb ik jou laatst niet onder de microscoop ontleed in de biologieles?
6. Heb jij je medicijnen vandaag wel genomen?
7. Ik doe mijn best om te lachen – als jij je best doet om geestiger te zijn.
8. Heeft je moeder al haar kinderen zo seksistisch opgevoed, of heeft ze speciaal jou uitgekozen?

   En nog wat extra opmerkingen voor speciale situaties:

   Als hij zegt: 'Als ik jou naakt zou zien, zou ik sterven van geluk,' dan zeg jij: 'Als ik jou naakt zou zien, zou ik sterven van het lachen.'

   Als hij zegt: 'Heb ik jou niet eens ergens eerder gezien?' Antwoord: 'Ja, daarom kom ik daar niet meer.'

   Als jij hem negeert en hij roept over straat: 'Hé schatje, doe niet zo onbeleefd.' Antwoord dan: 'Ik ben niet onbeleefd. Ik vind je alleen totaal onbelangrijk.'

   Als hij vraagt: 'Kunnen we ergens afspreken?' Zeg dan: 'Is nergens ook goed?'

– geschreven door mij en Nora, na enig grondig internetonderzoek.[23] Vermoedelijk tijdstip: oktober in de vijfde.

---

[23] Een van mijn favoriete beledigingen is afkomstig van Groucho Marx, al is hij niet helemaal toepasselijk op een van deze situaties: 'Ik heb een volmaakte avond gehad. Maar het was het toch niet helemaal.'

Het was een heerlijk gevoel om weer bevriend te zijn met Nora, al waren er nog steeds zaken waarover we het niet konden hebben. Zo wilde ik haar bijvoorbeeld vragen of Kim en Jackson misschien uit elkaar waren en hoe zij het vond dat Cricket het grootste deel van haar tijd doorbracht met Katarina en Heidi en die jongens. Ik wilde haar vertellen dat ik Jackson had gezien in de dierentuin en dat hij me had gebeld om me uit te nodigen voor het feestje van Kyle.

Maar het was beter om dat niet te doen.

Hoewel de week daarop het meeste borstencommentaar op school was verstomd, probeerde Nora het vierde en vijfde antwoord uit bij Darcy Andrews en een van zijn kornuiten. De resultaten waren bemoedigend en verheugend. Op donderdag gingen we na de gymles met Meghan naar de B&O en babbelden wat met Finn Murphy, die daar in de bediening werkt. We aten cake en dronken espressomilkshakes. Ik had *Het jongensboek* bij me en we lieten het aan Meghan zien.

'Misschien moet ik ook maar eens een poging wagen,' zuchtte Meghan, nadat ze het stukje over gerotzooi had gelezen. Ze draaide met haar ogen naar Finn, die aan de andere kant van het café een paar tafeltjes aan het afvegen was.

'Hoe gaat het met Bick?' vroeg ik. Zíj was er als het ware over begonnen.

'Jullie hadden toch serieus iets met elkaar?' vroeg Nora met grote ogen.

'We genieten van het moment.'

'Wat een schatje, die Finn,' zei Nora. Ze keek eens goed naar zijn kont, terwijl hij zich over een vieze tafel boog.

'Ik weet niet,' mijmerde Meghan. 'Misschien zou alles wel weer goed komen als we het met elkaar deden. Hij komt thuis met Thanksgiving.'

'Doen jullie het dan niet?'

'Ze zijn pas opgeklommen tot de lagere regionen,' legde ik uit. 'Of afgedaald. Nou ja.'

'Je moet het beslist níét doen met iemand voor wie alleen het moment telt,' zei Nora beslist. 'Dat is vragen om ellende.'

'Ik weet het. Ik weet het.' Meghan had een peinzende blik. 'Ik zou alleen willen dat alles weer was als vroeger. Zoals vorig jaar, weet je. Toen was het leven makkelijk.'

'Mm, mm.'

'Het lijkt wel alsof Bick iemand anders is geworden. Alsof Harvard hem verandert.'

Ik nam een grote hap cake. 'Vorig jaar,' zei ik tegen haar, 'had je óns nog niet.'

In oktober gebeurden er zes belangrijke dingen.

EEN. Ik ging met mijn moeder naar de eerste afspraak met de nieuwe, door-de-verzekering-goedgekeurde psych. We moesten in een kliniek zijn die onderdeel was van een ziekenhuis. De wachtkamer zat vol met mensen die eruitzagen alsof ze echt gestoord waren. Een vrouw van in de vijftig zat heen en weer te wiegen en mompelde iets over een chip die door ruimtewezens in haar hoofd was gestopt. Een jongen zonder nek lag keihard te snurken, en een zenuwachtige vrouw in een vuile jas streelde een kamerplant, waarbij ze een gezicht trok alsof hij zo tegen haar zou kunnen gaan praten.

Ik had een afspraak om vier uur. We waren er wat vroeger om een paar formulieren in te vullen. Toen gingen we in de wachtkamer zitten.

Het enige tijdschrift dat er lag, ging over gezondheidszorg. Er stond een plastic tafeltje en in een hoek stond een televisie keihard te blèren. Ik kon me niet voorstellen hoe je hier zelfs maar de schijn kon ophouden dat je geestelijk gezond was als je dat vóór elke afspraak moest meemaken.

Mam en ik wachtten.

En wachtten.

Ik las mijn scheikundeboek door en streepte belangrijke begrippen aan met een marker en zij keek tv. Af en toe riep een dokter of therapeut de naam van iemand.

De helft van de tijd was die persoon er niet.

Er kwam een broodmagere vrouw binnen. Ze liep naar een stoel in een hoek en rolde zich helemaal op. De snurkende man werd wakker en liep de kamer uit, ook al had niemand zijn naam geroepen.

'Zullen we gewoon weggaan?' fluisterde ik om vijf voor halfvijf. 'Het bevalt me hier niks.'

'Daar komt niets van in, Ruby.'

'Alsjeblieft, mam. Het gaat al heel lang heel goed.'

'Je moet niet afgaan op uiterlijkheden,' zei mijn moeder pinnig. 'Bovendien heb ik de eigen bijdrage al betaald.'

'Maar...'

'Je moet niet afgaan op je vooroordelen. Is het nou echt te veel gevraagd om niet meteen je oordeel klaar te hebben?'

Ik zakte terug in mijn stoel.

We wachtten.

En wachtten.

En wachtten.

Om tien over vijf stond mijn moeder op. 'Kom op, Roo, we gaan.'

'Wat?'

'Dit is toch niet normaal meer,' riep ze. Echt iets voor Elaine Oliver, omslaan als een blad aan de boom als haar dat beter uitkomt. 'Je wordt hier afschuwelijk behandeld en het is zonde van onze tijd.'

Ik greep mijn rugzak.

TWEE. Een week later ging ik naar de psych bij wie Greg, een vriend van mijn vader, in behandeling is.

Dokter Acorn, of Steven, zoals ik hem moest noemen, was een magere, droge man. Nadat hij drie kwartier met mij en mijn moeder had gepraat, en haar had horen vertellen dat ik me asociaal opstelde, helemaal geen vrienden meer had en nooit meer ergens naartoe ging, gaf hij ons het advies dat ik Prozac en Ativan zou gaan slikken.[24]

'Maar ik heb al in geen maanden meer een angstaanval gehad,' zei ik.

'Dat willen we ook zo houden,' zei hij. 'Bespeur ik hier enig verzet?'

'Jazeker.'

'Als de basismedicatie eenmaal geregeld is, kunnen we daarna beginnen met gesprekstherapie.'

'Maar ik ben niet asociaal,' zei ik tegen mam. 'Drie dagen geleden heb ik nog bij Meghan gelogeerd.'

'Ze is asociaal, zeker vergeleken bij vroeger,' zei mijn moeder tegen dokter Acorn. 'En bovendien, ik denk dat er ook wel een paar seksuele kwesties zijn die ze met u wil bespreken. Klopt dat, Roo?'

'Mam!'

'Je kunt open zijn tegen Steven, Roo. Hij heeft het allemaal al wel eens eerder gehoord.'

Ik peinsde er niet over om tegen dokter Acorn te vertellen dat ik met Angelo had liggen rotzooien – of wat ik verder uitspookte. Hij deed me nog het meest denken aan een uitgedroogd schijfje appel, waar geen drupje sap meer uit te persen valt, en het leek erop dat hij al wist wat er mis met me was zonder dat hij naar me had geluisterd.

Zodra we weer buiten stonden, maakte ik duidelijk aan mijn moeder dat ik niet bij dokter Acorn in behandeling wilde. *No way.*

'Wat moeten we dan?' jammerde mijn moeder later die avond, terwijl ze met haar hoofd in haar handen aan de eettafel zat.

'Géén psych meer,' riep ik vanaf mijn plekje op de bank.

---

[24] Voor het geval je het nog niet wist, Prozac is een antidepressivum en Ativan is een middel tegen angsten. Die medicijnen kunnen erg nuttig zijn. Maar dokter Acorn was compleet pillengek. Ik bedoel, hoe kan hij me nu beoordelen op grond van de verhalen van mijn moeder. Dat mens denkt dat ik lesbisch ben.

'Maar het is goed voor je,' zei mijn moeder.

'Mam. Groenten zijn goed voor me. Sporten is goed. Zelfs dat baantje bij de dierentuin is goed voor me. Maar meer dan een uur wachten tussen een stelletje gekken is niet goed voor me en medicijnen slikken voor kwalen die ik niet heb ook niet.'

'Was dokter Z dan níét goed voor je?' vroeg mijn vader.

Ik gaf geen antwoord.

DRIE. Meghan belde Bick op zijn mobiel en een meisje nam op.

'Eh, met Meghan, is Bick in de buurt?'

En het meisje zei: 'O, ja, Meghan! Ik heb al alles over je gehoord. Ik ben Bicks vriendin Cecily.'

'O. Hoi.'

'Hoooi. Heeft hij niks over me verteld?'

'Nee.'

'Dat meisje uit Maine, met dat autootje met dat open dak?'

'Mm, ik geloof van niet.'

'Bick is wat te drinken halen – jongens, weten jullie waar Bick naartoe is? – en hij heeft zijn gsm op tafel laten liggen, dus heb ik hem maar opgenomen. Jezus, Holmes, ik vermoord je! Hou op! Jezus, hoor jij wel thuis op Harvard?' Lachend begon Cecily te praten tegen een paar mensen bij haar in de buurt, waarbij ze zich nauwelijks nog herinnerde dat ze aan de telefoon was.

Meghan hing op.

Bick belde haar de volgende dag pas terug.

VIER. Noel, Meghan, Nora en ik zouden op een zaterdagavond naar de film gaan. Maar Meghans moeder besloot plotseling dat ze thuis moest blijven eten en Nora's broer Gideon kwam onverwachts over van het Evergreen State College, wat een uur of twee rijden is, dus wilde Nora thuisblijven om hem te zien.

Ik ging Noel ophalen met de Honda. Van zijn moeder mocht hij 's avonds de Vespa niet gebruiken. Hij woonde in een groot huis uit de negentiende eeuw in Madrona. Toen ik binnenkwam, waren meneer en mevrouw DuBoise (zijn moeder en de man die al veertien jaar zijn stiefvader is) net bezig met een gigantisch gezamenlijk kookproject. De eettafel lag vol met gehakte groenten en mevrouw DuBoise had drie opengeslagen kookboeken op elkaar liggen.

Een stelletje kleine Duboisejes rende overal tussendoor. Het hele huis rook naar gebakken uien.

'Leuk om je te zien, Ruby,' schreeuwde de stiefvader om het geluid van een lopende kraan in de gootsteen te overstemmen. 'We hebben al veel over je gehoord.'

'Ik hoopte eigenlijk dat mijn reputatie me nog niet vooruitgesneld was,' zei ik – het klonk als een grapje, maar ik meende het echt, gezien de belabberde naam die ik heb.

'Ha ha!' bulderde de stiefvader. 'Niks mis mee hoor, dat beloof ik je.'

'Noel komt zo beneden,' zei zijn moeder, terwijl ze haar handen aan haar schort afveegde. 'Hij is nog in de weer met gel.' [25]

'Maakt niet uit.'

'Wil je wat drinken?'

'Nah. Ik heb geen dorst.'

'Naar welke film gaan jullie?'

'*Singin' in the Rain*,' antwoordde ik. 'In die bioscoop in het U-district waar ze die retrofilms draaien. Dit weekend draaien ze allemaal musicals en volgens mijn moeder is deze echt de moeite waard.'

'Jij moet wel een bijzonder meisje zijn, Ruby,' lachte zijn moeder, 'als Noel met je naar een musical wil.'[26]

---

[25] Haargel.
Hij was zich aan het klaarmaken. Om ergens naartoe te gaan.
Met mij.

[26] Wilde Noel niet naar die film? Toen ik hem uitnodigde, leek hij heel enthousiast.

'Hij lachte ons vorige week nog uit omdat we *The Sound of Music* hadden gehuurd,' ging zijn stiefvader verder. 'Zelfs *My Fair Lady* vindt hij niks. Ik bedoel, wat is er nou níét leuk aan *My Fair Lady*?'

'U bedoelt behalve het feit dat-ie uitermate seksistisch is?' vroeg ik.

'Hè?'

'Dat is-ie namelijk. Die man kneedt die vrouw tot ze zijn ideale partner is. Hij verandert haar helemaal – en toch houdt ze van hem. Daar kan ik razend over worden. Zou hij haar niet leuk moeten vinden om wie ze is? Tegen de tijd dat hij in de gaten krijgt dat hij van haar houdt, houdt-ie van een lege huls, iemand die haar hele persoonlijkheid kwijt is.'

Mevrouw DuBoise begon te lachen. 'Ik begrijp wel waarom Noel jou aardig vindt,' zei ze. 'Jij zult het hem niet makkelijk maken.'

'Neem het ze niet kwalijk,' zei Noel, die net de keuken binnenkwam. 'Ze zijn net losgelaten uit hun kooi.'

'Ik weet wel dat je je voor ons schaamt, schat,' zei zijn moeder, terwijl ze hem een kushandje toewierp. 'Dank de hemel maar dat je de rest niet gehoord hebt.'

'Ik heb al genoeg gehoord,' zei Noel.

'Op tijd thuis zijn!' bulderde de stiefvader, terwijl we de deur uitliepen.

'Vergeet je puffer niet!' schreeuwde zijn moeder.

We stapten in de Honda.

Het leek er verdacht veel op dat ik hem had opgehaald voor een afspraakje.

Singin' in the Rain was geweldig, als je tenminste houdt van films waarin mensen spontaan uitbarsten in gezang en tapdansen. Ik wel, al vind ik films waarin mensen dat niet doen nog leuker.

Na de film slenterden we wat langs de Ave, aan de kant waar het barst van de drukke restaurants en lawaaiige studenten, en liepen toen aan de andere kant weer terug. Het motregende, zoals gewoonlijk in Seattle, en de straten glommen in het licht van de lantaarns.

Toen ik hem ernaar vroeg, vertelde Noel iets over zijn astma. Hij leek wel een beetje geïrriteerd. Niet dat hij boos op me was dat ik ernaar vroeg, maar alsof hij het allemaal zo zat was dat hij niet wilde dat erover gepraat werd.

Mij leek het gewoon een vervelende aandoening, maar Noel zag het als een hokje waarin hij geplaatst werd. Hij probeerde altijd te bedenken hoe hij daaruit kon ontsnappen.

Hij vertelde dat hij als het aan zijn ouders lag, niet eens mee mocht met de novemberweek. Hij moest er elk jaar weer ruzie over maken. Toen hij naar New York was geweest, hadden ze zijn broer Claude strikte aanwijzingen gegeven over wanneer hij precies zijn medicijnen moest nemen, alsof ze hem dat zelf niet toevertrouwden. Als hij wegging riepen ze hem altijd na dat hij zijn puffer moest meenemen of dat hij zijn ontstekingsremmers niet moest vergeten te slikken.

Hij wilde niet dat andere mensen wisten dat hij astma had, zei hij. Als mensen het wisten, had hij het gevoel dat hij rondliep met een bord op zijn rug waarop stond 'Afgekeurde artikelen', en hij wist eigenlijk niet goed waarom hij me die eerste schooldag mee de struiken in had getrokken, omdat hij zijn inhaler nooit aan iemand liet zien. Buiten de schoolverpleegkundige en de hardloopcoach, die het allebei móésten weten, was ik de enige.

'Waarom ik?' vroeg ik.

'Zo veel vrienden heb ik niet.'

Ik klopte hem op zijn arm. 'Maar je bent vet populair, Noel. Je wordt de hele tijd uitgenodigd voor feestjes. Je kunt in de middagpauze lunchen met iedereen die je wilt.'

'Dat is zo. Maar ik vraag ze niet om bij me thuis te komen, zoals jij vandaag. Ik ben met niemand erg close.'

'O.' Zo had ik er nog niet over nagedacht.

'Ik heb je al eerder gezegd, het Tate-universum is gewoon niks voor mij.'

'En ik dan?' Ik zei het sarcastisch, en zijn antwoord verraste me. 'Jawel,' zei Noel. 'Jij bent wel iets voor mij.'

Hij hield ineens op met lopen. Ik stond een paar passen voor hem stil en keerde me naar hem om. Ik dacht dat hij mijn hand zou nemen en me zou kussen,

en ik dacht dat ik dat wilde.

Ik dacht, o, we zijn niet zomaar vrienden, we zijn verliefd.

En toen kwam er uit een bar vlak bij de plek waar wij stonden een hele groep studenten gestroomd. Lachend en met hun armen om elkaar heen geslagen zongen ze: 'Louie Louie.'

Noel liep verder en begon te praten over fratrock als muziek-stijl.[27] Dus ik vroeg wie The Knack waren en waarom ze zo heet-ten. Omdat ik er iets over had gezien in *Behind the Music*.

Om mijn algemene ontwikkeling op peil te brengen zong Noel 'My Sharona', zo hard dat iedereen naar ons keek alsof we gek waren, terwijl we de Ave afliepen. Toen zongen we alle twee 'Wild thing... Dow dow dow NOW... I think I love you... Dow dow dow NOW... but I wanna knooooow for sure...'

We stapten in de Honda en bleven praten over allerlei dingen die te maken hadden met fratrock (waaronder de film *The Blues Brothers*, de dood van John Belushi, en afleveringen van *Saturday Night Live* die we gezien hadden), en plotseling waren we bij zijn huis.

Ik zette de auto stil. Hij sprong eruit.

En ik reed naar huis.

De dag daarna was er niks romantisch meer tussen ons, en alle spanning was weg. Alles was weer normaal.

---

[27] Fratrock: Lompe, domme partymuziek, geen disco, hiphop of R-'n-B. Muziek die je wel leuk móét vinden, ook al vind je hem stom. Heb je de film *Animal House* gezien? Zoiets. Maar hij is niet speciaal tijdgebonden. Een paar voorbeelden: 'Louie Louie.' 'Shout.' 'Addicted to love'. 'Whip it'. 'Wild thing'. 'Old time rock-'n-roll'. 'My Sharona'. 'Centerfold'. 'Our House'. 'Come on Eileen'. 'Gloria'. 'Mama told me (not to come)'. 'I want Candy'. Deze lijst werd samengesteld door Noel en mij, en aangevuld na consultatie van mijn vader.

VIJF. Bij Frans Cinq (niveau vijf) moesten we scènes naspelen uit *Cyrano de Bergerac* en ik moest samen met Cricket.

Heidi en Ariel zaten ook bij ons in de klas, maar zij deden samen en toen bleef Cricket alleen over. Eerder dat trimester hadden we net zo'n opdracht moeten doen, en toen had Cricket samengewerkt met Sophie, een meisje uit de vierde, en ik met Hutch.²⁸ Maar Hutch was er niet en Sophie was sindsdien bevriend geraakt met een ander meisje uit de klas, dus zat Cricket met mij opgescheept.

We hadden al maanden niet met elkaar gesproken, maar ze had voor zover ik had gehoord niet over me gekletst, en ze had het Nora niet kwalijk genomen dat die weer vrienden met me was. Ze deed gewoon alsof ik niet bestond.

Nadat madame Long de klas in paren had verdeeld, sleepte Cricket haar rugzak door de klas naar mijn plaats.

'Hoi.'

'Hoi.'

'Wil jij Roxanne of Cyrano zijn?'

'Doe jij maar Cyrano,' zei ik. 'Jij was de godin van het theaterkamp. Jij bent het beste.'

Ik was zo boos op haar en toch wilde ik dat ze me weer aardig vond, ook al slaat dat nergens op.

Ik vond haar niet meer zo aardig en zij vond mij niet meer zo aardig, maar ik moest altijd erg om haar lachen en ik miste haar.

'Oké,' zei Cricket.

We lazen de scène door, net als iedereen om ons heen. Ik dacht, god, elke minuut is een marteling, omdat we zo boos op elkaar zijn en ook omdat dit eigenlijk best leuk is en we misschien wel weer vrienden worden.

---

²⁸ Waardoor mijn status als leproos werd versterkt, maar het was wel goed voor mijn cijfer, omdat Hutch *très* goed is in Frans en alles wat hij zegt erg Fransig klinkt.

We repeteerden tot het eind van de les. Toen Madame Long zei dat we moesten stoppen, stond Cricket meteen op en stopte haar boek in haar rugzak. 'Ik zie je,' zei ze – en ik dacht: echt? Bedoelde ze echt dat ze me weer wilde zien, dat ze weer met me zou praten? Al wist ik dat het maar een uitdrukking was.

Ik liep langzaam de klas uit, opgelucht dat ik na al die tijd tenminste met Cricket gesproken had, en hoopvol-tegen-beter-weten-in.

Cricket stond in de gang met Ariel en Heidi, die net aan de andere kant uit Spaans gekomen waren. Terwijl ik langs ze liep, zwaaide ik.

'Hoi,' zei Heidi.

'God, ze is zo irritant,' klaagde Cricket, zo hard dat ik het kon horen.

En ik dacht, irritant? Wat heb ik gedaan?

Ik had niets gedaan; we hadden alleen gerepeteerd.

Ik begrijp dat ze me een slecht iemand vindt. Maar sinds wanneer ben ik irritant?

Waarom zou ze dat denken?

Heidi gaf Cricket een por tussen haar ribben. 'Ze kan je horen,' fluisterde ze.

'Goed zo,' zei Cricket nog harder. 'Ze mag best weten hoe irritant ze is.'

'Als je eens wist hoe weinig me dit kon schelen,' loog ik.

ZES. Eindelijk belde ik Angelo. Twee weken nadat ik met Noel naar de film was geweest en drie weken nadat hij me het nummer van zijn mobiel had gegeven.

Het was niet dat ik niet eerder wilde bellen. Het was eerder zo dat ik wist dat het een gênant gesprek zou worden, omdat Angelo en ik niet goed doorhadden hoe we met elkaar moesten praten.

En misschien zouden we dat ook wel nooit doorkrijgen.

En bovendien wist ik niet goed raad met mijn gevoelens.

Ik vond hem leuk. Hij had mooie volle lippen, hij was kampleider, hij was heel lief tegen zijn honden en hij was medaillekanshebber op het onderdeel borsten. Maar er waren ook complicerende factoren. Vijf, om precies te zijn.

1. Onze moeders waren vriendinnen.
2. Ik had tegen Jackson gelogen dat Angelo mijn vriendje was.
3. Ik was jaloers op het meisje dat met Jackson in de dierentuin was.[29]
4. Ik bleef maar piekeren over die twee keer met Noel en mij, toen ik dacht dat hij me zou gaan zoenen.[30]
5. De fysieke kant met Angelo verliep al tamelijk snel tamelijk voorspoedig. In één dag naar het borstenwerk. En hoewel dat allemaal van mij uitging, was ik nog nooit verder gekomen dan de hogere regionen. Zelfs niet met Jackson. Ik had geen idee wat Angelo verwachtte bij onze derde ontmoeting, maar we zouden vrijwel zeker plat gaan.

Toch wilde ik weer met hem kussen. Ik bedoel, na het Lentefeestdebacle had ik maandenlang niemand meer gekust, maar nu ik me herinnerde hoe het was, was ik wel geïnteresseerd. En ik dacht, waarom analyseer je alles zo kapot, zodat je je ellendig voelt? Angelo is een aardige jongen. Jullie vinden elkaar op zijn minst leuk genoeg om een avondje met elkaar op te trekken. Het is geen huwelijk. Het is gewoon een date. Noem het dan ook zo. Ga met hem uit en kijk wat er gebeurt.

Hij nam op nadat de telefoon twee keer was overgegaan.

---

[29] Ik weet het, ik ben gestoord. Maar dat gevoel had ik nu eenmaal.
[30] Want als dit een film over mijn leven was, zou dat het plot zijn. Noel zou de held blijken. Films waarin een jongen en een meisje gewoon goede vrienden zijn, en een van hen iemand anders leuk vindt, maar waarin ze zich aan het eind realiseren dat ze stapelgek op elkaar zijn: *Clueless. The Sure Thing. Can't Hardly Wait. Some Kind of Wonderful. When Harry Met Sally. The Wedding Singer. Emma. Sabrina. Win a Date with Ted Hamilton.*

'Hoi, met Ruby,' zei ik.

'O sorry,' lachte hij. 'Ik dacht dat het iemand anders was.'

'Nee. Ik ben het maar,' zei ik. En kwam meteen ter zake. 'Heb je, eh, zin om een keer mee op stap te gaan?'

'Wat, binnenkort bedoel je?'

'Ja, dat dacht ik.'

Er viel een pijnlijke stilte. 'Roo, ik, eh...'

'Wat?'

'Je belde niet...'

'Sorry. Ik had het zo druk.'

'... dus dacht ik dat je niet meer wilde.'

'O.'

'Ik bedoel, dat geeft niet. Je hoeft niet als je niet wilt. Je moet doen wat jij het beste vindt.'

'Mm-mm.'

'Ik bedoel, ik heb iemand anders leren kennen,' zei hij. 'Je belde niet. Een meisje van school. En ik wil haar niet belazeren.'

Natuurlijk. 'Nee, nee,' zei ik. 'Dat wil ik ook niet.'

'Het kwam... je belde niet. En je zei tegen me dat ik jóú niet mocht bellen, daarom heb ik dat ook niet gedaan.'

'Je hebt gelijk,' zei ik. 'Dat heb ik ook gezegd.'

Dat was dus Angelo, die een meisje dat hij pas twee weken kende niet wilde belazeren. Een jongen die, ook al was zijn telefoontechniek dan niet volmaakt, recht door zee en eerlijk leek.

Een knappe jongen die mij leuk vond en die ik leuk vond. Misschien hadden we iets met elkaar kunnen hebben.

En ik had het verpest.

Ik maakte zo snel mogelijk een eind aan het gesprek.

10. Waarom je de jongen wilt die je niet kunt krijgen: gebrekkige analyse van een verontrustende psychische tendens

Feit: Ik vind Angelo leuker nu ik hem niet kan krijgen.[31]

Hoe kon ik zo stom zijn om hem niet te bellen? Ik heb vreselijk veel spijt.

Angelo zag niets meer in me toen hij de indruk kreeg dat ik niet beschikbaar was. Hij is geestelijk stabiel. Maar ik niet. Mijn hoofd en mijn hart doen juist het tegenovergestelde van wat in hun eigen belang is.

Waarom willen mensen iets wat ze niet kunnen krijgen? Zijn we zo verpest door reclamebeelden, sociale druk en nare dingen die we meemaken? En kunnen we er iets aan doen?

Want hoe neurotisch ik ook ben, ik weet dat ik niet alleen ben. Cricket had vorig jaar een crush op Billy Alexander. Die begon in dezelfde week dat hij iets kreeg met Molly.[32] En Ariel begon Shiv leuk te vinden toen hij twee weken lang met dat meisje uit de derde optrok.

Een jongen wordt direct begeerlijker als hij bezet is. En dat is beroerd. Want dan kun je hem niet krijgen. En ook omdat het stom is en ziek.

Aan de ene kant is het begrijpelijk: als iedereen zegt dat dat nieuwe pinda-kaasijs zo verrukkelijk is, wil je het vast wel eens proberen, ook al lust je normaal helemaal geen pindakaas, toch? Misschien vind je dat ijs wel helemaal niet lek-ker, maar je wilt wel weten waar die hele hype eigenlijk over gaat. En je zou zeker geen belangstelling hebben gekregen voor dat ijs als iemand anders je er niet op had gewezen hoe lekker het was.

Aan de andere kant, soms lijken we wel peuters. Je hebt niet de minste be-langstelling voor die smerige, aftandse teddybeer totdat je vriendinnetje hem

---

[31] En ook Jackson – sinds ik hem met dat meisje in de dierentuin gezien had. Maar hier is leuker eigenlijk niet het juiste woord. Ik haatte hem en wilde dat hij mij wilde in plaats van haar. Maar dat kon ik niet in *Het jongensboek* zetten, want dan zou Nora het mis-schien lezen.

[32] En Kim ging Jackson leuk vinden toen hij met mij was. Ook weggelaten uit *Het jongens-boek,* om ruzie met Nora te voorkomen.

pakt en het er erg mee naar haar zin lijkt te hebben. Dan wordt het ineens de leukste beer die je ooit hebt gezien en wil je hem van haar afpakken.

Argh.

Zouden we dat zo langzamerhand niet achter ons moeten hebben, en allemaal verliefd moeten worden of verkering moeten krijgen met mensen die echt beschikbaar zijn?

Waarom zijn we zo? Een paar mogelijke verklaringen:

1. Onze vaders werkten altijd of lazen altijd de krant toen we klein waren. Daardoor is ons beeld van de ideale man iemand die niet geïnteresseerd is in ons. (Wel erg freudiaans.)

2. Onze vaders waren verliefd op onze moeders. Daarom heeft iedereen (behalve misschien kinderen die zijn opgevoed door alleenstaande ouders of twee moeders) die neiging al van jongs af aan, want de man van wie je het meeste houdt is verliefd op iemand anders. (Nog meer Freud. Argh. Daar kunnen we het dus maar beter niet zoeken.)

3. Een heleboel reclame is erop gericht hebzucht aan te wakkeren door ons het gevoel te geven dat we iets tekortkomen, zoals meneer Wallace ons vorig jaar bij Amerikaanse geschiedenis & politiek heeft uitgelegd. Dat we bijvoorbeeld kijken naar een of ander model in een modeblad en denken: oeaw, wat ben ik toch lelijk en monsterlijk dik vergeleken bij haar. Ik ben een sukkel. Zij is geweldig. Wat kan ik kopen zodat ik me minder een sukkel voel? O, die oogschaduw die zij laat zien. Door die foto in dat tijdschrift voelen wij ons waardeloos en dan willen we iets. Daar zijn we helemaal aan gewend, omdat reclame zo belangrijk is in onze maatschappij. Dus als een jongen ervoor zorgt dat wij ons rot voelen (doordat hij uitgaat met een ander of ons afwijst), reageren we daarop door iets te willen (hem).

4. We zijn verslaafd aan alles wat populair is. En een jongen die een vriendin heeft is populairder (dat spreekt vanzelf) dan een jongen die vrij is.

5. We zijn eigenlijk bang om een echt vriendje te krijgen, met wie je intiem moet zijn, en daarom is het veiliger om verliefd te worden op iemand die we niet kunnen krijgen.

6. Maar misschien is het gewoon inderdaad zo dat leuke jongens altijd bezet zijn en moet ik ophouden met alles zo veel te analyseren.

Hoe dan ook, gek worden op een jongen die al bezet is, is vragen om ellende. Maar hoe kun je ophouden iemand leuk te vinden die je leuk vindt? Ook al weet je dat het je eigen psychotische, chaotische hart is dat je dat flikt?

Dat is vrijwel onmogelijk.

– uit *Het jongensboek*, geschreven door mij, Ruby Oliver. Vermoedelijk tijdstip: eind oktober in de vijfde.

Toen ik het stukje een paar dagen later bij de B&O aan Meghan liet zien, haalde ze een pen uit haar tas. 'Is het goed als ik er iets bijschrijf?'

'Tuurlijk,' zei ik, al was het geen moment bij me opgekomen dat ze dat zou willen. Voor een deel omdat ze, nou ja, geen Cricket of Nora of Kim is. En voor een deel omdat ze niet zo'n analytisch type is. Maar ze schreef een hele tijd en gaf het me toen terug. Ik las:

Wat ook zo verpestend is aan die tendens van mensen om iets te willen wat ze niet kunnen krijgen, is dat het leidt tot smerige, oneerlijke spelletjes. Zoals meisjes die hun vriendjes jaloers proberen te maken, zodat die jongens dan nóg gekker op hen worden, omdat ze denken dat die meisjes gek zijn op iemand anders. Of meisjes die liegen tegen een jongen en zeggen dat ze een vriendje hebben terwijl dat niet zo is. Of jongens die hun vriendinnetje in het openbaar negeren, omdat ze denken dat die meisjes, als ze geen interesse tonen, nog verliefder worden.

Al die dingen werken, soms.

Maar iedereen zit te faken en de helft zit met gekwetste gevoelens.

Misschien moet je gewoon weigeren die spelletjes mee te spelen, zelfs al zou je willen. Een deel van mij wil op zoek naar een scharrel, zodat Bick weer belangstelling voor me krijgt. Want nu lijkt hij zich amper nog bewust van mijn bestaan – en ik denk de hele tijd aan hem.

En dat is vreselijk.

Maar als hij zou denken dat ik niét aan hem dacht maar aan iemand anders, dan denk ik dat hij wél aan mij zou denken.

Maar ik moet niet beginnen aan een scharrel die ik eigenlijk niet wil om te bereiken dat mijn vriendje me weer ziet staan. En ik moet niet net doen of ik hem niet meer leuk vind, zodat hij op zijn knieën naar me terugkomt. Dat is eng en dom.

Het zou beter zijn hem écht niet meer leuk te vinden. Dan zou ik een heel stuk gelukkiger zijn.

– geschreven door Meghan. Vermoedelijk tijdstip: eind oktober in de vijfde.

'Wow,' zei ik. 'Ik wist niet dat je het er nog steeds zo moeilijk mee had.'

Meghan knikte.

'Ga je het uitmaken?'

'Nee.'

'Waarom niet?'

'Ik dacht alleen maar, toen ik dat zonet opschreef, dat ik gelukkiger zou zijn als ik níét verliefd was op Bick.'

'O.'

'Maar het probleem is, dat ben ik wel. Ik kan het niet uitmaken met iemand die ik niet wil verliezen.'

'O nee?'

'Hoe kan ik hem nou opgeven als ik zo gek op hem ben? Betekent dat niet dat ik de liefde opgeef?'

Ik wilde haar eigenlijk gaan vertellen dat ze hem moest dumpen. Dat hij haar het gevoel gaf dat ze waardeloos was en dat ze beter af was zonder hem. Maar ik wist dat ik nooit bij Jackson zou zijn weggegaan als hij het niet had uitgemaakt. Al maanden voor het debacle zat het niet goed tussen ons. Allerlei kleine gebeurtenissen (of dingen die juist niet gebeurden) gaven mij een rotgevoel. Zoals die keer dat ik cakejes voor hem had gebakken en hij het amper in de gaten had. Of dat ik geen kerstcadeautje van hem kreeg. Of dat hij me pas heel laat voor het Lentefeest vroeg. Of die ellende met die bloem voor Valentijnsdag.

Al heel lang voordat we uit elkaar gingen, voelde ik me bij Jackson eerder slecht dan goed.

Maar ik zou er nooit een eind aan hebben gemaakt.

'Ik begrijp wat je bedoelt,' zei ik tegen Meghan.

'Ik zou gelukkiger zijn als ik niet verliefd op hem was,' zei ze weer, alsof ze wilde uitproberen hoe dat klonk.

Ik belde Angelo twee keer per dag op zijn mobieltje, omdat ik dacht dat als ik hem zou vertellen dat ik de hele tijd aan hem dacht,

en hem zou herinneren aan die avond in de Honda,

en hem zou vertellen dat ik gek op hem was,

hij zou breken met dat andere meisje.

Maar hij nam niet eens op. En ik sprak geen boodschap in.

Waarschijnlijk zag hij op zijn telefoon wie er gebeld had, maar hij belde me niet terug.

Donderdag voor de novemberweek was het Halloween. Mijn ouders gingen naar hetzelfde feest waar ze elk jaar naartoe gaan, en waren de hele middag bezig om zich op te tutten.

Mam ging als de kunstenares Frida Kahlo. Ze had haar wenkbrauwen doorlopend gemaakt, haar lippen gedaan met bijna zwarte lipstick en ergens een Mexicaans boerinnenkostuum op de kop getikt. Ze wilde dat mijn vader ging als Salvador Dalí, mijn lievelingsschilder. Ze plakte hem zo'n maffe snor op zijn lip, trok hem een roodfluwelen jasje en een geel hemd aan en zette hem een langharige pruik op.

Er was ook een feestje bij Matt, een vriend van Jackson, maar ik hoef je niet te vertellen dat ik daar niet naartoe ben geweest. Meghan kwam bij mij en we keken naar *The Ring*, *The Others* en de helft van *The Exorcist*. Toen werden we zo bang dat we alle lichten moesten aandoen en waterijsjes moesten gaan eten om weer rustig te worden.

Vrijdag voor de novemberweek trok Nora me opzij toen ze me in de mensa tegenkwam. 'Kim komt naar huis,' fluisterde ze. 'Ze komt vanochtend met het vliegtuig aan.'

'Wat?' zei ik verbijsterd.

'Ze vindt het uitwisselingsprogramma niet leuk.'

'Waarom niet?'

'Haar gastgezin is onaardig tegen haar. Ze heeft vreselijk heimwee.'

O.

Kim had met haar ouders tijdens vakanties over de hele wereld gereisd en ik had gedacht dat ze het in Japan geweldig naar haar zin zou hebben. Het was nooit bij me opgekomen dat ze niet alleen maar fantastische, onafhankelijke avonturen meemaakte.

'Hoe weet je dat?'

'Ik kreeg een mailtje. Maar ik moet je iets vertellen. Word alsjeblieft niet boos.'

'Wat dan?'[33]

'Twee weken geleden, nog voordat ze me vertelde dat ze naar huis kwam, heeft Kim me gevraagd wat ik in de novemberweek ging doen. Dus heb ik het haar verteld.'

'En?'

'Ik heb gezegd dat het wel cool klonk en dat Wallace de leiding had, en dat er een zwembad en een sauna was. Maar ik heb haar niet verteld dat ik met jou en Noel ging.'

'Heb je gelogen?' Nora liegt nooit.

'Ik heb het gewoon niet verteld. Dat jij en ik weer vrienden zijn. Ik wilde het niet extra ingewikkeld maken.'

---

33 Ik heb er een hekel aan als mensen zeggen: 'Word alsjeblieft niet boos.' Want je wordt vrijwel altijd wel boos om wat ze gedaan hebben. En zelfs al word je daarover niet boos, dan word je in elk geval boos omdat ze nog voordat ze je ook maar iets verteld hebben al (1) de suggestie wekken dat jij iemand bent die over allerlei dingen onredelijk boos wordt en (2) proberen je de mond te snoeren.

'Nou?'

Nora draaide een haarlok om een van haar vingers, maar ze gaf geen antwoord.

'O. Zij gaat ook mee.' Mijn stem klonk luid in mijn eigen oren.

'Ja, sorry,' zei Nora. 'Ik had geen idee dat ze het daarom vroeg. Ze zat in Tokyo!'

'Nee, dat kon je ook niet weten.'

'Het blijkt dat Jackson gaat raften, maar dat zit helemaal vol. En ze wist waarschijnlijk dat Cricket Mount Saint Helens zou doen, want Cricket zit helemaal in het Katarina-Heidi-wereldje. Ik denk dat Kim toen besloten heeft dat ze beter Canoe Island kon doen.'

'Heb je haar verteld dat ik ook ging?'

Nora schudde haar hoofd. 'Ik schrok zo toen ik dat mailtje kreeg, ik heb niet geantwoord.'

'Maar misschien heeft Cricket het haar verteld.'

'Misschien. Cricket weet dat ik met jou meega.'

Ineens was de hele zaak veranderd in een horrorscenario.

'Misschien kan ik me wel terugtrekken,' zei ik. 'Misschien kunnen mijn ouders het geld terugvragen.'

'Misschien,' zei ze. 'Maar je wilde zo graag.'

'Nu niet meer.'

'Ik vind het zo jammer.' Nora beet op de nagel van haar duim.

'Ik trek me terug en ga wel meedoen met dat groenvoorzieningsproject voor die openbare school.'

'Ik vind het zooo jammer,' zei Nora.

'Ik ook,' zei ik.

Maar toen ik Noel vertelde dat ik me terugtrok zei hij: 'Niet doen. Je moet je niet laten leiden door je angst.'

En toen vertelde ik het tegen Meghan en zij zei: 'Niet doen. Kim betekent niets voor je. Weet je nog?'

'We zullen je missen,' zei Wallace. 'Weet je het zeker? Het is al zo laat dat er vast niemand meer jouw plaats zal innemen, dus als je nog van gedachten verandert, kom je morgenvroeg maar gewoon naar de veerboot.'

Die middag belde ik na mijn werk in de dierentuin Nora op. 'Als Kim heeft ingetekend voor Canoe Island, terwijl ze wist dat ik zou meegaan, is dat een rotstreek,' zei ik.

'Hoezo?'

'Hoe kan ze nou mee willen als ik meega? Het is toch duidelijk dat het dan een toestand wordt. Ze dwingt me om me terug te trekken.'

'Ik geloof niet dat Kim zoiets zou doen. Misschien weet ze het niet.'

'Ik denk van wel.'

'Zo gemeen is ze niet, Roo. Jullie kunnen alleen niet meer met elkaar opschieten.'

'Nou, het voelt anders alsof ze speciaal uit Tokyo komt om de drie enige vrienden die ik nog heb in te pikken,' zei ik. 'Straks heb ik niemand meer.'

'Ik ben altijd vrienden met haar gebleven,' zei Nora. 'Dat weet je. En ik wil niet tussen twee vuren zitten. Kunnen jullie niet gewoon neutraal tegen elkaar doen?' Nora heeft altijd het liefst dat mensen met elkaar kunnen opschieten. Ze houdt het leven graag overzichtelijk.

'Dat betwijfel ik,' zei ik. 'Vertel jij haar dat ik meega?'

'Niet als jij thuisblijft en dat groenvoorzieningsproject doet.'

'Maar als zij zo onschuldig is als jij denkt,' zei ik, 'trekt ze zich wel terug als ze hoort dat ik ook meega.'

'Toe Roo, alsjeblieft, maak het niet moeilijker voor me dan het al is.'

Ik zuchtte. Nora had gelijk.

'Oké,' zei ik. 'Sorry.'

'Dus je gaat wel mee.'

'Ja,' zei ik tot mijn eigen verrassing. 'Ik ga wel mee.'

11. De Kapitein heeft spreekuur

Lieve Kapitein Kangaroo,

Ik heb op een feestje een jongen gezoend, Billy. Daarna heb ik hem mijn nummer gegeven. Maar waarom belt hij niet?

Antwoord: Maak je maar geen zorgen, hij belt nog wel.

Lieve Kapitein Kangaroo,

Ik vind dat hij drie dagen nadat hij me gezoend heeft en mijn nummer heeft gekregen moet bellen. Puur uit beleefdheid en ook omdat ik het ergens op internet gelezen heb. Maar het is al twee weken geleden. Wat moet ik doen als hij nu belt?

Antwoord: Zeg tegen hem dat je het druk hebt en dat je hem nog terugbelt. Bel hem dan niet. Hij verdient het niet.

Lieve Kapitein,

Maar ik wil met hem praten!

Antwoord: Doe het toch maar niet.

Maar Kapitein, als hij me belt, vindt hij me toch leuk? Dat betekent toch dat ik met hem moet praten? Door hem af te wimpelen kom ik nergens.

Antwoord: Hij belt niet, liefje. Als hij wel zou bellen, had hij dat allang gedaan!

Maar Kapitein, je zei dat hij zou bellen!

Antwoord: Soms vertelt de Kapitein leugentjes om bestwil. Zodat haar vrienden zich beter voelen. Sorry. Vergeet hem.

– vragen van mij, antwoorden van Kim. Vermoedelijk tijdstip: zomer na de derde.

In het begin van de derde hadden we Kapitein Kangaroo[34] bedacht als de adviezenrubriek van *Het jongensboek*. De meeste artikeltjes van de Kapitein verwaterden van adviezen tot gewone stukjes. Soms gaven Kim en ik het boek op school aan elkaar door, zodat we het elk een hele dag hadden. Andere keren keken we samen bij haar thuis naar een film op tv en schreven we stukjes tijdens saaie stukken.

We waren om beurten Kapitein.

Het stukje hierboven werd geschreven tijdens twee krankzinnige weken in de zomer, toen die jongen die ik op een togafeest gezoend had maar niet belde. Ik kon niet geloven dat ik hem gezoend had en dat het erop leek alsof het iets zou worden, en dat hij mijn nummer vroeg, en dat ik hem daarna nooit meer zou zien. Dat leek me onmogelijk.[35] Zelfs de eerste jongen die ik had gezoend, die sukkel van het kamp, was er de laatste tien dagen van het kamp nog geweest, dus dat was ook geen Kus & Verdwijn.

Hoe dan ook, het inpakken voor Canoe Island was stomvervelend en mijn hoofd tolde van de zenuwen. Daarom haalde ik *Het jongensboek* nog maar eens tevoorschijn en bladerde het door. Ik las de oude stukjes en dacht na over Kim en mij en hoe het vroeger was.

Wij waren hartsvriendinnen.

Het leek toen alsof het voor altijd zou duren.

Al lezend kwam ik een stukje tegen achter in het boek, tussen

---

[34] Kapitein Kangaroo was een man uit een kinderprogramma waar mijn vader het altijd over heeft. Kangaroo komt van mij (Roo) en Kim (Kanga). En 'De kapitein heeft spreekuur' komt uit de Snoopystrips waarin Lucy psychiater is. Er hangt dan een bordje waarop staat dat ze spreekuur heeft. (Kim heeft hele stapels *Peanuts*-boeken, en toen we jonger waren lazen we die de hele tijd.) Zo kwamen we hierop.

[35] Films waarin de heldin een leuke, knappe jongen ontmoet die haar kust en die ze daarna nooit meer ziet: geen.
Dus natuurlijk dacht ik dat Billy nog zou bellen of dat we elkaar tegen het lijf zouden lopen en hij een verklaring zou hebben. Want ook al blijkt het altijd anders te zijn en ook al zou ik beter moeten weten, toch verwacht ik ergens nog steeds dat het leven net zo is als een film.

allemaal lege bladzijden. De vragen waren in Nora's handschrift en de antwoorden in dat van Cricket – en ik herinnerde me dat ik het boek in februari een paar weken bij Nora had laten liggen.

Lieve Kapitein Kangaroo,
Het vriendje van mijn vriendin is irritant en ik zou het liefst willen dat ze het met hem uitmaakt. Wat moet ik doen?
Antwoord: Niet zeuren. Alle jongens zijn weleens irritant. Meestal zelfs. Tenzij je met ze gaat.

Lieve Kapitein Kangaroo,
En als hij gemeen tegen haar is?
Antwoord: Dat is iets anders. Als hij haar onderdrukt en haar dwingt tot sekshandelingen die ze niet wil, of allerlei andere vreselijke dingen doet waarover je soms leest, dan heb je het recht om tegen je vriendin te zeggen dat hij echt een waardeloze klootzak is.

Lieve Kapitein,
Maar als hij niet openlijk gemeen is, maar er alleen maar voor zorgt dat zij zich rot voelt doordat hij allerlei smerige spelletjes speelt?
Antwoord: Bedoel je die toestand met Valentijnsdag?

Nora: En dat met die cakejes en dat hij op Kyles feestje de hele avond met Heidi zat te praten en al die andere vreselijke dingen.
Cricket: Zoals dat hij haar liet zitten voor die basketbalwedstrijd en haar een schuldgevoel gaf omdat ze boos was.
Nora: Precies.
Cricket: Ik weet het. Totaal waardeloos. De Kapitein heeft geen antwoord. Ze staat met haar mond vol tanden.

Dat hadden ze natuurlijk geschreven over mij en Jackson.

Maar ik had nooit in de gaten gehad dat ze dát dachten over alles wat er gebeurd was. Ik had altijd gedacht dat ze Jackson léúk vonden en vonden dat ik met hem geboft had.

En nu bleek dat ze vonden dat hij me slecht behandeld had.

Ik wist dat het waar was. Maar het was anders als je het zwart op wit zag staan, opgeschreven door buitenstaanders.

Een deel van me schoot onmiddellijk in de Jacksons-vriendinnetje-houding, al was ik al bijna een halfjaar niet meer zijn vriendin. Ik dacht: ze kennen hem niet. Ze weten niet hoe hij is als hij alleen met me is. Hoe het is als we elkaar zoenen. Hoe het is als we bij hem thuis zijn, als hij me al die grappige briefjes schrijft, als hij lacht om mijn grapjes.

Een ander deel van me dacht:
Ik ben beter af zonder hem.
Ik ben beter af zonder hem.
Ik ben echt beter af zonder hem.
Dat had ik nog nooit gedacht.

Zaterdagochtend moesten we in alle vroegte bij de veerhaven in Anacortes zijn, twee uur rijden in noordelijke richting. Van daaruit zouden we met een charterboot naar Canoe Island gaan. Mijn vader bracht me weg. Mijn handen trilden zo hevig bij de gedachte dat ik Kim weer zou zien dat ik bijna wilde dat ik een paar van die pillen had genomen die dokter Acorn me zo graag had willen geven.

Onderweg probeerde ik een van de opdrachten te doen die dokter Z me een tijdje geleden had gegeven tijdens de therapie. Ik moest voor mezelf erkennen waar ik precies bang voor was en niet blijven zitten met vage angstgevoelens.

Ruby's lijstje van Canoe Island-angsten:
1. *Kim doet nog een keer haar versie van het Lentefeestdebacle uit de doeken tegen iedereen die het nog niet weet en die paar toevallige Canoe Island-gangers die nog aardig tegen me waren, worden kil en gemeen.*
2. *Als Kim de jongens er nog eens aan herinnerd heeft wat voor sletten-*

bak ik wel niet ben, gaan ze me pesten en word ik de hele reis bestookt met grapjes over pikkenfoto's en zo.[36]

3. *Kim gaat me op de een of andere manier het leven zuur maken door soep in mijn slaapzak te gieten, mijn badpak naar buiten te gooien en afval in mijn sporttas te stoppen.*

4. *Kim en ik krijgen in het openbaar een heel gênante ruzie.*

5. *Kim zorgt ervoor dat Nora niet meer met me praat.*

6. *En Noel ook niet meer.*

Terwijl mijn vader de Honda met plankgas over de snelweg reed, masseerde ik mijn handen (een ontspanningstechniek uit de therapie) en herinnerde mezelf eraan dat:

Kim de duivel niet is. Ze is ook maar een mens.

Iemand die je vroeger aardig vond.

Haar enige doel in het leven is niet jou te jennen. Ze denkt waarschijnlijk niet eens aan je.

En alsjeblieft, ze gaat geen soep in je slaapzak gieten. Zoiets doe je in groep acht.

Je hebt de maanden mei en juni in de vierde ook overleefd en de wereld draait nog steeds. Jullie zagen elkaar elke dag op school. Het is al zo lang geleden dat het niet al te moeilijk moet zijn om haar weer te zien.

Waarom maak je je dan zo druk?

Lieve Kapitein,

Ik voel me schuldig. Vanwege Jackson en die briefjes en omdat ik mijn rok omhoogtrok om mijn benen te laten zien.

En ik weet dat hij haar bedriegt.

En Kapitein, het afgelopen schooljaar in juni had ik niets meer te verliezen.

Maar nu heb ik Nora en Noel. Als zij me in de steek laten, heb ik alleen nog Meghan.

---

[36] Ik zou ze lik op stuk geven met de opmerking: 'Heb ik jou laatst niet in de biologieles onder de microscoop ontleed?', maar eigenlijk had ik het toch liever niet.

Antwoord: Wat voorbij is (met Jackson), is voorbij. Wat jij over dat vreemdgaan weet, is trouwens jouw zaak niet. En als Noel en Nora echt vrienden van je zijn, laten ze je niet in de steek. En als ze je wél in de steek laten, zulke vrienden wil je toch sowieso niet hebben.

Maar Kapitein...

Antwoord: Wat nu weer?

Kapitein, hoe meer ik erover nadenk, hoe nerveuzer ik word.

Antwoord: Je bent volkomen irrationeel.

Ik: Zo voel ik het nu eenmaal.

De Kapitein in mijn hoofd gaf geen antwoord. Ik haalde zo diep mogelijk adem en keek naar de gebouwen die langs het auto-raampje voorbijvlogen.

Toen we bij de veerhaven kwamen, was Kim er nog niet. Het was er erg druk. De lucht was vochtig en er vlogen zeemeeuwen rond, op zoek naar een lekker hapje. Kinderen waren aan het afscheid nemen van hun ouders en hadden stapels slaapzakken en koffers naast zich staan.

Er waren de volgende mensen:

Varsha en Spencer uit het zwemteam, plus Spencers vriendje (Imari, de aanvoerder van het jongensteam),

Nora en Noel,

drie jongens uit de zesde, van die studiebollen, die de hele tijd met elkaar optrokken (Kieran, Mason en Grady),

twee rustige meisjes uit de zesde, met wie ik nog nooit gepraat had (Mei en Sierra),

Courtney, een meisje uit de zesde dat iets met Jackson gehad had toen ze allebei in de derde zaten, en twee van haar vriendin-nen (uitwisselbare types),

een stelletje giebelende vierdeklassers,

mevrouw Glass,

meneer Wallace,

en Hutch.[37]

Argh, Hutch!

Hij had me niet verteld dat hij zou meegaan.

Behalve Varsha, Wallace, Imari en Mei was iedereen blank. Behalve Hutch en Noel was iedereen gezond. Ze droegen allemaal spijkerbroeken en geruite jasjes of katoenen shirts – de typische Tatekleding voor outdooractiviteiten. Ze zagen eruit alsof ze zo uit een of andere buitensportcatalogus waren gestapt. Zelfs Noel had een donkerblauw overhemd aan. Hutch had duidelijk nieuwe wandelschoenen, al had hij wel zijn gewone Iron Maiden-motorjack aan.

Ik had een vintagerokje aan, een trui met kraaltjes, netkousen en kistjes.

Fout, fout, helemaal fout.

Mijn vader hielp me mijn tas uit de auto te pakken, plus een slaapzak die we geleend hadden van een van zijn vrienden. Ik was supernerveus en rilde, daarom rommelde ik in mijn tas om er mijn jasje uit te halen.

Nora kwam naar ons toe gelopen (ze is altijd superaardig tegen ouders) en zei: 'Hoi, meneer Oliver,' en Noel kwam ook gedag zeggen. Het was de eerste keer dat hij mijn vader ontmoette. Hutch bleef wat achteraf staan, maar Kevin Oliver was wel zo maf om over een berg koffers heen te springen om hem op zijn schouders te slaan.

'John!' brulde hij. 'Jij doet dus ook Canoe Island?'

'Yep.'

'Ik had zeker gedacht dat jij dat groenproject voor die openbare school ging doen.'

Hutch haalde zijn schouders op. 'Ik wilde weg.'

Mijn vader knikte veelbetekenend. 'Op jouw leeftijd wil je het liefst weg van huis. Ik herinner me die tijd nog wel.'

---

[37] De meeste van die mensen zijn uiteindelijk niet zo belangrijk voor mijn verhaal. Ze gingen mee naar Canoe Island, ik praatte met ze over filosofie en we kookten samen. Ze waren best aardig – maar je hoeft niet te onthouden wie iedereen is. Ik geef alleen maar de stand van zaken weer.

'Zoiets.'

'Nou ja. Veel plezier met kanoën.'

'We gaan niet kanoën, pap,' bracht ik hem in herinnering. 'We gaan filosofie lezen.'

'Hetzelfde maar dan anders,' zei mijn vader en lachte luid om zijn eigen grap. 'Oké, ik ga er eens van tussen. Dag John, ouwe rocker! Hou je Ruby een beetje in de gaten?'

'Dat zal ik doen,' zei Hutch, terwijl hij met een bijna onmerkbaar lachje om zijn mond naar de grond keek.

Nadat mijn vader me diep vernederd had door het metal-duivelsteken naar Hutch te maken – terwijl andere vaders hun kinderen op de schouders klopten en ze een hand gaven – omhelsde hij me om afscheid te nemen, zei dat hij van me hield en dat hij hoopte dat ik het goed zou kunnen vinden met mijn leeftijdgenoten. Daarna vertrok hij – net toen de Mercedes van de Yamamoto's de haven kwam binnenrijden.

Kim stapte uit. Gillend rende Nora naar haar toe.

O, zo zou het dus gaan.

Kim stond op en neer te springen. Ze had een heel kort bobkapsel. Japanse chic.

Zij en Nora knuffelden en bekeken elkaar, zoals meisjes dat doen. Ik kon ze horen: 'Wat zie je er fantastisch uit. En wat zit je haar leuk!'

Kim was ronder, wat gevulder dan toen ik haar voor het laatst had gezien, in juni van het afgelopen schooljaar. Ze had haar oude kakikleurige lievelingsjack aan, maar liep op een paar futuristisch ogende Japanse gympen.

'Ik ben zo blij dat ik weer terug ben. God, wat heb ik me ellendig gevoeld.'

'Heb je Cricket gisteravond al gezien? Ze vertelde dat ze met de auto naar je toe ging, maar mijn moeder wilde dat ik thuis at, dus ik kon niet komen.'

'Ja, ze is met ons mee naar Chez Shea geweest.'

'Wat was ik er graag bij geweest!'

'Daarna ben ik met Katarina en Ariel naar de B&O geweest. Om halftien hebben we je nog proberen te bellen op je mobiel, maar je nam niet op.'

'Ik had vergeten hem op te laden. Heb je mijn mailtje gekregen?'

'Nee, niet gecheckt.'

'Heb je het niet gekregen?'

'Nee, dat zei ik toch. Heb je je badpak bij je?'

En bla bla bla.

De dokters Yamamoto waren met zijn tweeën bezig Kims spullen uit de Mercedes te laden.

'Zullen we snoep gaan kopen?' zei ik plotseling. Ik dacht dat Noel nog achter me stond. Maar alleen Hutch was er nog.

'Oké,' antwoordde hij en zocht in de zak van zijn jack naar zijn portemonnee.

We liepen de haven uit en renden de straat over naar een kleine supermarkt. Ik kocht caramelrepen, winegums en mini-Toblerones.

Hutch vertelde dat hij geen chocola mocht hebben, omdat dat volgens de dermatoloog slecht was voor zijn huid, en hij had inderdaad een heel slechte huid – die had hij al jaren – maar het was nooit bij me opgekomen dat hij er iets aan probeerde te doen.

Het leek alsof het gewoon bij hem hoorde.

En hoe erg het ook klinkt, alsof het eigenlijk zijn eigen schuld was.

Wat duidelijk helemaal verkeerd is als je het zo zwart-op-wit opschrijft. Toch is dat de gedachte die ergens achter in je hoofd kan blijven hangen als je iemand niet echt kent.

Hutch kocht rode drop, zure lappen en drie rolletjes harde zuurtjes. We kochten alle twee frisdrank.

Het was heerlijk om om halfacht 's ochtends junkfood te kopen zonder dat er ouders in de buurt waren die het je konden verbieden.

De veerboot ging vertrekken. We verdrongen ons om onze spullen in te laden en gingen daarna in de rij staan, zodat mevrouw Glass iedereen op een lijst kon afkruisen.

Toen ze er absoluut niet meer onderuit kon, keek Kim me aan en zei met een strak lachje: 'Hallo, Ruby.'

'Hoi.'

'Hoe gaat het?'

'Goed.'

'Mooi.'

Toen greep ze een van de meisjes uit de vierde bij de arm en begon haar van alles te vragen over de leiding. Alsof ik niet bestond.

Nadat de boot vertrokken was, ging Hutch binnen op een gele plastic stoel zitten, en plugde zijn iPod in zijn oren. Kim en Nora gingen met de meisjes uit de vierde klas op het dek zitten.

Noel was geannexeerd door Courtney en haar clubje van zesdeklassers, die Keeran, Mason en Grady kennelijk te sullig vonden om mee om te gaan. Dus was ik alleen. Ik haalde een detective en een Toblerone tevoorschijn, zocht een plekje bij het raam en begon te lezen.

Drie kwartier later ging ik naar de wc. Die was geel geverfd en overal lagen losse velletjes toiletpapier. Nora was er. Ze zat op de smerige vloer.

Ze had gehuild.

'Wat is er?' Ik was nog steeds nijdig dat ze me bij de terminal had gedumpt voor Kim.

'Niets. Het is goed.'

'Ach kom.'

Nora veegde haar neus.

'Kim wist niet dat jij ook kwam. Nu is ze boos op mij, omdat ik het haar niet verteld heb.'

'Ik dacht ook dat jij het haar zou vertellen.'

'Ik kon het niet over mijn hart verkrijgen om het tegen haar te zeggen, dus heb ik haar een mailtje gestuurd. Maar dat heeft ze niet gekregen.' Nora sloeg haar handen voor haar gezicht. 'En nu is ze boos. Je weet wel hoe ze dan is. Ze begon keihard tegen me te krijsen.'

'O god.'

'Ja. Ze deed net of ik iets verschrikkelijks gedaan had. Dat ik weer vrienden met jou was, zonder het aan haar te vragen of het tegen haar te vertellen. En ze zei dat ik haar belazerd had, door haar te laten komen.'

'Je hebt haar toch niet belazerd.'

'Dat weet ik wel. Maar ik heb het haar ook niet verteld.' Ze begon te snikken.

'Ik wilde niet doen alsof alles oké was, want dat was niet zo.'

Het was niet oké.

Dus gaf ik Nora een paar winegums en bleven we met z'n tweeën naast elkaar op die gore vloer zitten totdat de boot aanlegde.

Het eiland was geweldig. Ondanks alle ellende was ik meteen enthousiast. Ons verblijf had een paar kamers vol met stapelbedden, een grote keuken en een eetkamer met uitzicht op het water, twee sauna's en een zwembad. Van de leraren mochten we een beetje rondkijken nadat we ons geïnstalleerd hadden, dus ik gooide mijn spullen op een stapelbed en liep het bos in. Er liepen brede paden in alle richtingen en in mijn eentje liep ik er één een eindje af.

Het was heel rustig. Zo rustig dat ik me zelfs kon voorstellen dat het uitstapje best aardig zou worden en misschien wel leuk. Kim zou strak naar me lachen, net zoals ze gedaan had toen we in de rij voor de boot stonden en we zouden elkaar hoofdzakelijk negeren.

Ik zou de week met mijn vrienden doorbrengen en er zou niets vreselijks gebeuren.

Er zou vrede heersen. Het leven zou fijn en ongecompliceerd zijn. Natuurlijk had ik het mis.

De gang van zaken op Canoe Island was als volgt. 's Ochtends stonden we op, ontbeten in groepjes en zorgden voor onszelf. Als je om acht uur op was maakte Glass roereieren of pannenkoeken, maar als je wilde uitslapen kon je toast met pindakaas of zoiets krijgen. Op de ontbijttafel lag een stapel kopieën. Daarvan moest je er een nemen en die voor tien uur 's ochtends gelezen hebben. De ene dag was dat een stukje over een grot uit *De republiek* van Plato; een andere dag iets uit het boek *De verworpenen der aarde* van Frantz Fanon, en weer een andere dag een stukje uit *Zen en de kunst van het motoronderhoud* van Robert Pirsig. Allemaal stukjes die waren uitgekozen om je te laten nadenken.

Dan hadden we een groepsdiscussie van anderhalf uur onder leiding van Glass en Wallace. Ik vond het lezen van die stukken niet leuk, maar ze waren alle twee zo enthousiast over alles, dat de gesprekken best interessant waren. Kim zat altijd naar een kant toe, met haar rug naar mijn plaats toegekeerd.

Dan hadden we lunchpauze. Boterhammen met niet-vegetarisch beleg, dus de meeste dagen at ik weer pindakaas. Nora, Noel en ik trokken op met Varsha en Spencer en Imari, en Kim hing vooral rond met de meisjes uit de zesde. Soms was Hutch ook bij ons, maar voor het grootste gedeelte hield hij zich afzijdig.

Na de lunch kon je een uur gaan mediteren met Glass. Dat heb ik een paar keer gedaan, het was vrijwillig. Je ging met gekruiste benen op een mat in de grote eetkamer zitten en probeerde te denken aan niets.

Dat was onmogelijk.

Ik dacht dat ik aan niets dacht en dan werd mijn hoofd bestookt door allerlei gedachten. Over Angelo en of er nog hoop voor ons was. Over Jackson en hoe hij Kim bedroog zonder dat zij het wist. Over dokter Z en dat ik haar eigenlijk best miste.

Hutch viel een keer in slaap en lag te snurken. Ik gaf hem een por om hem wakker te maken en Courtney en haar vriendinnen schoten in de lach.

'Hou je kop,' zei ik.

Dat deden ze.

's Middags waren we vrij om te gaan zwemmen, naar de sauna te gaan of het landschap te ontdekken. We moesten dan nadenken over de filosofische teksten en in contact komen met de natuur. Maar hoofdzakelijk keken we hoe we eruitzagen in zwemkleding of wandelden we door het bos terwijl we het hadden over tv-programma's, mode en dat soort zaken.

Er bleek nog een ander huis op het eiland te zijn. Ik vermoed dat het van de eigenaars was. Je moest een heel stuk bergop lopen om er te komen. Bij dat huis liepen drie lama's in een grote ren.

Lama's!

Varsha, Spencer en Nora, die bij me waren toen ik ze ontdekte, waren er bang voor. Maar in de dierentuin had ik voor Laverne en Shirley moeten zorgen, dus ik liep ernaartoe en aaide de witte lama in zijn nek. Hij snuffelde aan mijn vingers en hoopte iets lekkers te krijgen.

'Weet je wel zeker dat je hem mag aanhalen?' vroeg Varsha.

'Spugen ze niet?' mompelde Spencer, een eindje achter mij.

'Ze zijn heel lief,' zei ik. 'Ze spugen alleen als je ze laat schrikken. Kom maar.'

Nora stak onzeker haar hand uit, maar trok hem weer terug toen de lama begon te snuiven. Varsha en Spencer bleven op veilige afstand.

Ik woelde door de zachte vacht en fluisterde wat lamacomplimentjes. Bijvoorbeeld dat hij zo'n mooi beest was, dat hij zulke mooie hoeven had enzovoort. En voor het eerst sinds een hele tijd kreeg ik het gevoel dat ik goed in iets was.

Iets waar andere mensen niet goed in waren.

De mensen uit het zwemteam (Varsha, Spencer, Imari en ik) trainden aan het eind van de middag met Wallace, hoewel het zwembad nauwelijks lang genoeg was om snelheid op te bouwen en het gemeen koud was als je het water uit kwam. Ik werkte aan mijn keertechniek. Ik ben altijd wat traag geweest met keren.

Dan werden er mensen aangewezen om te koken en kregen anderen klusjes te doen zoals de kopieën voor de volgende dag maken of het woongedeelte opruimen. Als we dat gedaan hadden, gingen we eten.

's Avonds speelden Wallace en Glass dvd's af. Ze zeiden dat ze films hadden uitgezocht die ons zouden moeten prikkelen na te denken over de kwesties waar we 's ochtends over gepraat hadden en ook dat ze het gevoel hadden dat het goed was als we die films zagen, omdat we waarschijnlijk allemaal heel veel films zagen die compleet waardeloos waren.[38]

We keken naar *Badlands, Brazil, Dr. Strangelove, Citizen Kane, The Piano, Do the Right Thing* en *One Flew over the Cuckoo's Nest*.

En weet je wat? Ik was de enige die ze allemaal al gezien had.

Niemand van de anderen had er één gezien, behalve Noel, die *Dr. Strangelove* had gezien en Grady (een van die jongens uit de zesde), die *Citizen Kane* had gezien.

Wallace was helemaal in de wolken toen ik hem vertelde dat ik die films al kende en begon me (half als grap) filmdeskundige te noemen. Tijdens de discussie richtte hij zich tot mij en vroeg dan zoiets als: 'Ruby, heb jij *Twelve Monkeys* gezien? Kun je voor ons wat verbanden aangeven tussen die film en wat Gilliam in *Brazil* doet?'

Het was nu eenmaal zo dat ik *Twelve Monkeys* gezien had – twee keer zelfs – en de andere films waar hij me iets over vroeg ook. Bij-

---

[38] Oké, dat zeiden ze niet, compleet waardeloos. Ze zeiden als je dan toch naar films kijkt, kies dan films waarin geëxperimenteerd wordt met het medium film, waarin fundamentele vragen worden gesteld over het leven en de manier waarop wij ons leven leidden, en geen tienercomedy's of *Star Wars* of zoiets. Wat trouwens leidde tot een lange discussie over de vraag of *Star Wars* een diepzinnige film was of niet. Uiteindelijk moest mevrouw Glass toegeven dat ze hem nooit gezien had en wonnen wij (de leerlingen) de discussie. Eerst moest ze nog een lang, verhit debat aanhoren over de relaties tussen Luke en Leia, de diepere oorzaken van Vaders kwaadaardigheid, de seksuele symboliek van Jabba the Hut en dat soort dingen.
Ha, Ha. Het was de beste discussie die we die week hadden.

voorbeeld *A Clockwork Orange*, *The Shining* en *Portrait of a Lady*. Dus uiteindelijk had ik een heleboel te vertellen bij die avonddiscussies.

Misschien waren er wel mensen die me vervelend of verwaand vonden, omdat ik zo veel praatte.

Maar ik merkte dat me dat niets kon schelen.

Alles verliep die week zo ongeveer zoals ik hierboven beschreven heb, maar op woensdagavond, toen we aan het discussiëren waren over *Do the Right Thing*, zag Noel helemaal grauw. Hij zat naast me, maar zei helemaal niets en staarde naar zijn schoenen.

Terwijl Grady en Courtney van mening verschilden over de film, schreef ik Noel op een stukje papier een briefje: 'Heb je zin om morgen vroeg op te staan en naar de lama's te gaan kijken?' (Hij had ze nog niet gezien.)

Hij pakte het briefje afwezig aan, las het en vouwde het op tot een vierkantje. Maar hij gaf geen antwoord.

Halverwege de discussie stond hij op en liep naar buiten. Hij zwaaide alleen even naar meneer Wallace (die aan het woord was) – en vroeg geen toestemming om weg te gaan.

Mevrouw Glass stond op en liep achter hem aan.

Ik bleef zitten, terwijl Wallace doorging met het afzetten van de anti-utopie van Gilliam in *Brazil* tegen die van Spike Lee in *Do the Right Thing*, en voelde me een beetje geïrriteerd dat Noel mijn briefje genegeerd had. Waarom, nadat we naar *Singin' in the Rain* waren geweest en pizza en zo hadden gegeten,

nadat hij tegen me gezegd had: 'Jij bent wel iets voor mij.'

en zich had ingeschreven voor Canoe Island,

en mij verteld had dat hij astma had, wat hij verder tegen niemand verteld had;

nadat we bij het practicum hadden samengewerkt en het Bevrijdingsfront hadden opgericht en heel vaak samen geluncht hadden, waarom gingen we niet meer met elkaar om als vrienden?

We kwamen niet bij elkaar thuis, belden elkaar niet op, spraken niet met elkaar af in het weekend, behalve die ene keer.

Ik bedoel, waarom kon ik hem geen briefje sturen, gewoon als vrienden, en een briefje terugkrijgen?

Op donderdagochtend, toen ik ging ontbijten, stond Noel in de eetkamer. Eerst dacht ik, o, we gaan toch naar de lama's – maar toen zag ik dat hij zijn koffer had gepakt en dat zijn slaapzak opgerold bij zijn voeten lag. Hij keek door het raam over het water uit, speurend naar de charterveerboot aan de horizon.

'Ga je weg?' vroeg ik.

Hij knikte.

'Waarom?'

Hij lachte een beetje, maar niet van harte. 'Het Joekelsbevrijdingsfront heeft mijn advies nodig.'

'Wat?'

'Ik heb een telegram gekregen. Er zijn in Seattle joekels ernstig in gevaar. Ik moet mijn voorraadje zure tongen gaan inzetten.'

'Noel, toe, hoezo?'

'Wat, neem je het front niet meer serieus?'

'Noel!'

'Ik weet dat jij missieleider bent, maar deze opdracht is afkomstig van het hoofdkwartier in Los Angeles. Centrale Joekelinzet.'

'Wil je me echt niet vertellen waarom je weggaat?'

Hij draaide zich van me af. 'Ik ga gewoon weg, oké?'

Ik deinsde terug. 'Oké.'

'Je hoeft je niet overal mee te bemoeien, Ruby.'

'Ik zei toch oké.' Ik liep de eetkamer uit en ging de keuken binnen. Daar was mevrouw Glass eieren aan het bakken. Wallace zat koffie te drinken en Imari legde plakjes bacon op de grill. Ik deed een kastje open en haalde er de pindakaas uit. Welbewust begon ik een gesprek over het zwemteam en de wedstrijd die over twee weken zou worden gehouden.

Noel stak zijn hoofd om de deur om de leraren te vertellen dat de boot eraan kwam.

'Pas goed op jezelf, DuBoise,' zei Glass.

'Doe ik.'

'Tot op school.'

En weg was Noel.

Aan het begin van onze filosofische discussie maakte Wallace bekend dat iemand in Noels familie ziek was geworden en dat hij daarom naar huis had gemoeten. Daarna wilde ik hem vreselijk graag bellen om hem mijn excuses aan te bieden, maar behalve de leraren had niemand een mobieltje mee mogen nemen naar Canoe Island. Ik kon dus niet zo veel doen.

Die avond, voor het eten, zaten Nora en ik in de sauna.

Varsha en Spencer waren net weg. We hadden ons opgewarmd na de zwemtraining. Nora zat te zweten om gifstoffen kwijt te raken.

Nora: Die arme Noel. Heeft hij je verteld wat er gebeurd is?

Ik: Nee. Jou wel?

Nora: Ik weet alleen wat Wallace ons verteld heeft.

Ik: Ik hoop dat het niets ernstigs is.

Nora trok haar borsten goed in haar badpak. Het badpak dat ik haar in het voorjaar in het U-district had zien kopen. Ze heeft een mooi lichaam als ze het laat zien.

Zij: Denk je...

Ik: Wat?

Zij: Denk je dat hij, eh, weleens aan me denkt?

(Wat?

O.

Ooo.)

Ik: Bedoel je, aan je denkt, zoals je aan iets denkt?

Zij: Mm-mm.

Ik: Vind je hem leuk?

Zij: Ja. Ja, ik geloof van wel.

Ik: Wow.

Zij: Ja, beslist.

Ik: Sinds wanneer?

Zij: Het feestje van Kyle.

Ik: Hij is kleiner dan jij.

Zij: En ik ben vast ook zwaarder dan hij. Maar hij is wel leuk hè, vind je niet?

Ik: Zeker.

Zij: Lengte maakt me niet uit.

Ik lachte. Met een lengte van bijna één meter tachtig kan Nora het zich niet permitteren lengte belangrijk te vinden, anders zouden er nauwelijks jongens voor haar overblijven.

Maar tot nu toe was dat niet belangrijk geweest, omdat ze nog voor niemand belangstelling getoond had.

Zij: Jij bent zo goed met hem bevriend. Hij heeft toch niets over me gezegd, of wel?

Ik: Nee.

Zij: Weet je het zeker?

Ik: Zo goed bevriend zijn we nou ook weer niet. Ik geloof niet dat hij het tegen mij zou vertellen als hij iets voor je voelde.

Zij: Je denkt van niet?

Ik: Nee.

Het was nog nooit bij me opgekomen aan Noel en Nora te denken.

Maar nu wel. Ze was aardig, grappig en goed in sport. Ze had prachtig donker krullend haar en grote borsten. Plus dat ze kon bakken.

De droom van elke jongen. Wie zou er nu iets zien in een neurotische, bebrilde, leprozige slet als hij een sportieve, geestelijk stabiele, grootborstige keukenprinses kon krijgen?

'Hij mag van geluk spreken dat hij jou kan krijgen,' zei ik. En ik meende het.

'Denk je dat echt?'

'Iedereen mag van geluk spreken als hij jou kan krijgen,' zei ik. 'Jij bent een kanjer.' Nora lachte en gaf een klopje op mijn knie. 'Ik moet hem een keer vragen om mee uit te gaan, want ik vind hem echt leuk. Denk je niet?'

Ik voelde me jaloers. En een beetje duizelig.

Waarom?

Ik hield van Angelo.

Of niet?

Of niet?

Ik dacht: Regels voor het daten op een kleine school. Heeft je vriendin al gezegd dat zij een jongen leuk vindt, ga hem dan niet ook leuk vinden. Zij heeft de eerste rechten.

Ik wist niet hoe ik me voelde.

Of ik wist het wel, maar kon er niet mee omgaan.

'Ik heb het veel te warm,' zei ik tegen Nora. 'Ik ga even douchen.'

12. Waarom meisjes beter zijn
dan jongens

1. Wij zijn knapper. Dat is nu eenmaal zo.
2. Wij ruiken ook lekkerder.
3. We zijn trouwer. Raar woord eigenlijk, trouwer. Nou ja. Hoe dan ook, wij zijn al eeuwig vriendinnen en we blíjven eeuwig vriendinnen. Die hoe-heet-ie-ook-alweer is maar een korte bevlieging waar we allemaal om lachen als we grijze dametjes zijn en in onze schommelstoel op het balkon zitten te breien. (Al verklaart Roo hier en nu dat ze weigert ooit, ooit, te gaan breien, zelfs niet als ze tachtig is.)
4. Wij zullen het je eerlijk vertellen als je billen er in een spijkerbroek idioot plat uitzien of juist gigantisch lijken.
5. Wij hebben tampons in onze rugzak voor als je er een nodig hebt.
6. We hebben trouwens ook zakdoekjes, kauwgom, lipgloss, nagelknijpers, kammen, extra haarspelden, paracetamol en al dat soort dingen bij ons. Jongens nóóit. Nora heeft zelfs pleisters.
7. Wij maken een grotere kans het er levend van af te brengen als we van een oceaanschip vallen. Echt waar! Vrouwen zijn meestal kleiner en minder sterk in hun armen, maar wij hebben meer uithoudingsvermogen, we leven langer en we blijven beter drijven. Vandaar.
8. Wij bellen als we zeggen dat we bellen.

– geschreven door Kim en Roo samen, in het handschrift van Kim. Vermoedelijk tijdstip: de zomer na de derde.

De dag daarna (vrijdag) sloeg ik na de lunch de meditatie van Glass over en ging in mijn eentje een wandeling maken. Ik liep de heuvel op naar de lama's. Ik probeerde alles eens goed op een rijtje te zetten.

Voelde ik plotseling iets voor Noel, omdat ik psychisch in de war was en een jongen leuk vond die ik niet leuk mocht vinden? Of was ik nóg gekker en hield ik van hem, omdat hij boos op me was?

Of had ik altijd al van hem gehouden en was Angelo maar een kortstondige afwijking van mijn ware gevoelens?

Ik probeerde aan Angelo te denken, maar de hartkloppingen en het ik-vind-hem-zo-leuk-gevoel van vroeger waren weg. Ik bedoel, ik vond hem nog steeds lekker, maar het was toch anders.

Ik probeerde aan Noel te denken. Het was allemaal zo verwarrend. Ik begreep niets van mezelf.

Toen ik boven op de heuvel aankwam, waren de lama's in hun ren. Ze waren uit een voederbak aan het eten. Ik zag niemand in het huis van de eigenaars, dus stapte ik over de omheining en pakte wat voerkorrels met mijn hand. De lama's duwden hun zachte snuit tegen me aan om het voer te krijgen, en ik streelde hun harige nek.

Ik bleef een tijdje staan, blij dat ik aan niets anders hoefde te denken dan hoe ik de dieren gelukkig kon maken. Ik zag hoe ze elkaar opzijduwden in de hoop wat aandacht te krijgen.

Toen hoorde ik voetstappen op het pad achter me en draaide me om.

Het was Kim.

'Ruby,' zei ze. 'Ik hoopte dat ik met je kon praten.'

Hier volgt iets meer over hoe het tot dan toe met Kim geweest was. Het leek alsof we een afspraak hadden gemaakt om beleefd tegen elkaar te zijn maar zoveel mogelijk bij elkaar uit de buurt te blijven. Als zij bijvoorbeeld de sauna in kwam als ik er ook was, stond ik na een paar minuten op om te gaan douchen. En als ik zag dat zij had besloten de meditatie met Glass te doen, dan sloeg ik die over.

Ik had gezien dat ze Courtney (de ex van Jackson) ontweek, net als ik, en dat ze ook Nora ontweek. Ze trok vooral op met Mei en Sierra, of met een paar vierdeklassers die in het voorjaar bij haar in het roeiteam hadden gezeten. Bij het eten ging ze nooit bij mij in de buurt zitten en toen we samen moesten koken, had zij zich beziggehouden met de kalkoen, terwijl ik de salade maakte. Op die manier hoefden we nauwelijks met elkaar te praten.

Kim stond op het pad. Ze zag er klein en eenzaam uit. Op een van haar knieën zat modder, alsof ze onderweg naar boven was gevallen, en ook haar handen waren smerig.

'Ben je me helemaal gevolgd?' vroeg ik.

'Ja, eigenlijk wel.'

'Als je wilt, kun je de lama's voeren,' zei ik. 'Ze eten uit je hand.'

Meteen pakte Kim wat korrelvoer en strekte haar modderige handpalm uit naar de grootste lama, de witte.

Dat was iets wat ik altijd leuk aan haar had gevonden. Ze was niet bang. De lama snuffelde een paar keer aan haar hand en begon te eten.

'Ik moet je mijn excuses aanbieden,' zei ze uiteindelijk.

'O?'

'Ik had die kopie vorig jaar nooit moeten maken. Weet je wel, die met dat lijstje van jongens.'

'Ik weet welke kopie je bedoelt,' antwoordde ik. 'Er was maar één kopie.'

'Ik wist dat het privé was,' ging Kim verder. 'En ik wist ook dat het iets heel anders was dan wat iedereen dacht. Ik weet niet meer wat me bezielde. Ik was zó boos dat alles zwart werd voor mijn ogen.'

'Mm-mm.'

'En toen heb ik die dingen op de muur van de wc geschreven en dwong ik Cricket en Nora partij voor mij te kiezen. Het was een manier om dat zwart te laten verdwijnen. Ik weet niet of je dat kunt begrijpen.'

'Ik denk het niet,' zei ik. 'Je hebt mijn leven verknald.'

'Dat weet ik.' Kim keek me niet meer aan en schepte nog een handvol voer op. 'Ik heb er in de zomer heel veel over nagedacht, maar pas toen ik in Tokyo was, en niemand had om mee te praten, zag ik dat ik veel te ver was gegaan. Ik had gewoon tegen je moeten schreeuwen of zoiets. Ik bedoel, we waren vriendinnen.'

'Ja,' zei ik. 'Waren.'

'Hoe dan ook,' zei ze, terwijl ze me weer aankeek. 'Wat ik gedaan heb, was helemaal fout. Ik wou dat ik het nooit gedaan had. En ik had Nora en Cricket ook niet moeten dwingen om partij te kiezen.'

'Cricket praat nog steeds niet met me.'

'Dat weet ik.' Kim draaide haar handen om elkaar. 'Het spijt me echt.'

'Oké,' zei ik. 'Dat is in elk geval fijn om te horen.'

'Vergeef je het me?'

'Ik weet het niet,' zei ik. 'Ik weet niet of ik het je kan vergeven. Maar ik neem je excuses aan. En...' Ik twijfelde, omdat ik eigenlijk geen excuses wilde aanbieden voor wat er op het Lentefeest gebeurd was, toen Jackson en ik elkaar gekust hadden. Want Jackson had er ook iets mee te maken – heel veel zelfs – en hem had ze het al een hele tijd geleden vergeven, alsof het helemaal zijn schuld niet was. Het leek me niet eerlijk dat ik moest zeggen dat ik er spijt van had en dat hij vrijuit ging, alsof hij er helemaal geen rol in had gespeeld. 'Sorry voor dat flirten met Finn,' zei ik ten slotte. 'Toen jullie nog samen waren. Daar had je gelijk in.'

'O,' zei ze. 'Dank je.'

Ik wist dat Kim haar excuses niet ging aanbieden omdat ze Jackson van me had afgepikt. Want zij had het gevoel dat het ware liefde was, en voor Kim ging ware liefde boven alles.

'Ik moet je iets vertellen.' Ik was het eigenlijk helemaal niet van plan, maar flapte het eruit. 'Ik heb Jackson in de dierentuin gezien met iemand anders.'

Kims gezicht betrok. 'Wat bedoel je?'

'Hij was samen met iemand anders. Ik heb ze gezien. Ze hadden hun armen om elkaar heen geslagen.'

'Waarom vertel je me dat?'

Ik had niet verwacht dat ze me dat zou vragen. 'Ik vond dat je het moest weten,' zei ik even later. 'Dat hij vreemdgaat.'

Kim trok haar ogen tot spleetjes. 'Je kunt het niet uitstaan, hè, dat wij iets samen hebben!'

'Wat?'

'Jij wilt niet dat Jackson en ik van elkaar houden, hè! Daarom probeer je het kapot te maken!'

'Daar gaat het helemaal niet om.'

'Ik dacht dat we dat achter ons hadden.'

'Dat is ook zo,' zei ik. 'Daarom vertel ik het je ook.'

'Ik weet het niet, Ruby. Voor mij klinkt het alsof je ons uit elkaar wilt krijgen.'

'Ik heb ze samen gezien, Kim.'

'Luister eens. Dat meisje kan wel iedereen geweest zijn. Je weet toch niet wat je gezien hebt.'

'Ik weet het vrij zeker.'

'O ja? Omdat je je bemoeit met zaken die je niets aangaan, en trouwens, ik geloof helemaal niet wat je zegt.'

'Nee, ik – '

'Jij hebt allerlei redenen om zoiets te verzinnen.'

'Ik verzin het niet.'

'Ik denk van wel. Jeetje, wie had gedacht dat jij nog zo haatdragend zou zijn na al die tijd?'

'Kim, ik – '

'Laat maar zitten,' zei ze. 'Laten we er maar niet meer over praten.'

'Best,' zei ik.

'Ga alsjeblieft weg. Voordat ik nog iets gemeners zeg.'

'Ik ga niet,' zei ik voordat ik er erg in had. 'Ik was hier het eerst. Ga jij maar.'

'Oké, dan ga ik.' Kim draaide haar rug naar me toe en rende het bos in. Zodra ze uit het zicht was, hoorde ik haar in tranen uitbarsten.

Ik bleef staan en keek naar de lama's. Mijn hart begon te bonzen, het zweet liep over mijn nek en plotseling was er op de hele wereld niet genoeg zuurstof meer om te kunnen ademhalen. Ik hapte naar lucht, hield me vast aan de omheining en probeerde diep adem te halen, zoals dokter Z me geleerd had.

Ik zei tegen mezelf: je gaat niet dood. Je bent alleen maar neurotisch.

Er is lucht zat.

Rustig worden. Het was maar een ruzie. De wereld vergaat niet.

Rustig worden.

Rustig worden.

Ademhalen.

Uiteindelijk dwong ik mezelf me te concentreren op de lama's. Dat er eentje op de grond lag, met zijn poten onder zich gevouwen. Dat ze wollige, dikke poten hadden. Dat ze zo eigenaardig liepen, een beetje onbeholpen. Dat ze hun oren spitsten bij elk geluidje in het bos.

'Mag ik uw mobiel gebruiken, meneer Wallace?' Ik trof hem aan in de keuken. Hij zat Oreo-koekjes te eten, zo uit de verpakking, met een schuldige blik op zijn gezicht. Hij bood me een koekje aan en ik nam er een.

'Is het een noodgeval?' vroeg hij. 'Want we hebben ons hier teruggetrokken, weet je, we mogen geen contact hebben met de buitenwereld.'

'Ik moet bellen en dan word ik later nog een keer teruggebeld,' zei ik. 'Alstublieft.'

'Wat is er aan de hand?' Hij stopte een hele Oreo in zijn mond.

'Ik moet met iemand praten.'

'Kan dat niet wachten?' vroeg hij. 'We gaan zondagochtend naar huis.'

'Nee,' antwoordde ik. 'Het kan niet wachten.'

'Is er iets wat ik moet weten? Misschien kan ik je helpen?'

Ik haalde diep adem. 'Ik heb angstaanvallen,' zei ik. 'Ik heb er al heel lang geen meer gehad, maar zojuist had ik er een, een heel erge. Ik moet met mijn psych bellen.'

Hij haalde zijn telefoon uit zijn zak en gaf hem aan mij. 'Geef maar terug als je klaar bent,' zei hij. 'Ik heb onbeperkt beltegoed.'

'Dit is het antwoordapparaat van dokter Lorraine Zaczkowski. U kunt na de piep een boodschap achterlaten met uw naam en telefoonnummer. U krijgt zo veel tijd als u nodig hebt. Ik bel u zo snel mogelijk terug. Dank u.'

Piep.

'Dokter Z, met Ruby. Ik wil heel graag praten met iemand die weet wat er aan de hand is. Ik ben op werkweek van school, maar u kunt me op het volgende nummer bellen.'

Met de telefoon liep ik naar de haven waar de boten aankwamen. Ik ging opgerold onder mijn jack liggen en wachtte tot ze zou terugbellen.

Ze belde terug om zeven uur. Het was etenstijd en honderd meter verderop zag ik de lichtjes in het kamphuis.

'Hallo, spreek ik met Ruby?'

'Ja.'

'Dokter Zaczkowski.'

Het was zo fijn om haar stem te horen, dat ik begon te huilen aan de telefoon. Toen ik weer rustig werd en het allemaal uitlegde – over Kim en de lama's, de excuses en de ruzie – merkte ik dat mijn lichaam zich ontspande. Ik kroop tevoorschijn uit de bal waarin ik me had opgerold en rekte me uit op de kade.

'Weet je waarom je Kim hebt verteld dat Jackson haar bedriegt?' vroeg dokter Z. 'Het klinkt alsof dat het moment was waarop het contact tussen jullie veranderde.'

'Ja. Daarvoor konden we haast weer goed met elkaar opschieten.'

Dokter Z zweeg. Ik kon horen hoe ze op een aansteker drukte en vervolgens inhaleerde.

'Ik had niet verwacht dat ze boos zou worden,' zei ik. 'Ik had gedacht dat ze dankbaar zou zijn voor de informatie.'

'Vind je dat je iets aardigs deed?'

'Zo zag zij het niet, maar het was wel zo bedoeld, ja.'

'O?'

'Zij dacht dat ik het wilde verpesten tussen haar en Jackson. Wat ik eigenlijk best kan begrijpen. Want dat heb ik eerder wel geprobeerd.'

'In september was je er niet over uit of je Kim zou vertellen dat Jackson je briefjes schreef. Herinner ik me dat goed?'

Ik dacht na. 'Ik wilde het haar vertellen, omdat ik wilde dat zij dacht dat Jackson mij nog leuk vond.'

'Ja.'

'Dus het was helemaal niet uit aardigheid of vriendelijkheid. Het was vals en gemeen.'

'O?'

'Omdat ik een neuroot ben, een verbitterde trut die relaties verpest. Ik wilde laten zien dat ik nog meetel.'

'Maar uiteindelijk heb je het niet aan haar verteld,' zei dokter Z.

'Nee.'

'Waarom heb je haar dit dan wel verteld? Wilde je deze keer wel laten zien dat je nog meetelt?'

'Nee,' antwoordde ik eerlijk. 'Ik geloof dat ik dat al heb laten zien door naar Canoe Island te komen. Ik bedoel, niet op een achterbakse, slechte manier, maar door te weigeren me mijn vrienden te laten afpakken en thuis te blijven terwijl ik eigenlijk wel wilde gaan, alleen maar omdat zij er ook zou zijn.'

'Je bent voor jezelf opgekomen.'

'Ja. Maar daar ging het niet om, toen ik haar dat over Jackson vertelde.'

'Nee?'

'Het was niet dat ik Kim wilde laten zien dat Jackson mij nog steeds aardig vond. Ik wilde laten zien dat dat niét zo was. Dat hij met dat meisje uit de dierentuin was. Dat alles tussen hem en mij helemaal over is.'

Dat had ik nog nooit hardop gezegd.

Het klonk goed.

'Wat Jackson met dat meisje in de dierentuin deed was fout,' ging ik verder. 'Heel simpel. Los van alles tussen Kim en mij: het is rottig als je vriendje vreemdgaat.'

'Dus je hebt het haar verteld uit vriendelijkheid.'

'Omdat we hebben beloofd elkaar de waarheid te vertellen. Om elkaar "elk brokje relevante informatie" te vertellen. In *Het jongensboek*,' antwoordde ik. 'En ook al zijn we geen vriendinnen meer, en ook al heb ik er niks mee te maken, ik vind niet dat Kim het verdient machteloos en onwetend te zijn als haar vriendje haar bedriegt.'

Dokter Z inhaleerde hoorbaar sigarettenrook en zei toen wat ze altijd zegt: 'Is er een manier waarop je haar dat kunt vertellen?'

'Oef,' antwoordde ik. 'Ik zou het haar gewoon kunnen zeggen.'

'Mm-mm.'

'Maar het kan zijn dat ze me dan vermoordt. Dat zou best eens kunnen, weet u. Dat ik met een bijl vermoord word door een kwaadaardig persoon die uit een uitwisselingsprogramma is ontsnapt? Allemaal door uw slechte adviezen.'

'Roo,' kondigde dokter Z aan, 'het uur is voorbij. Wil je nog een afspraak maken voor de volgende week?'

Het was even stil. 'Ja,' antwoordde ik.

De laatste dag op Canoe Island beleefde ik in een roes. Ik kon niet praten met Kim, omdat (1) ze nooit alleen was en (2) ik doodsbang was. Maar ik had geen angstaanvallen meer en verder gebeurde er niet veel meer.

Toen de boot zondagmiddag laat in Seattle aankwam en mijn vader en moeder als idioten voor de Honda op en neer stonden te springen, voelde ik een golf van opluchting dat Canoe Island voorbij was. Maar ik had ook het gevoel dat ik iets gedaan had, dat ik ergens geweest was en dat ik mezelf had bewezen op een manier zoals ik nog nooit had meegemaakt.

Omdat er niemand was gekomen om Hutch op te halen, gaven

we hem een lift naar huis. Hij vertelde dat zijn ouders op vakantie waren. 'Kom dan bij ons eten!' riep mijn vader. 'Nee wacht, we gaan naar de Chinees. Judy Fu's Snappy Dragon? Wat vind je daarvan?'

Hutch keek me schuin aan. 'Leuk, maar ik wil me niet opdringen bij een familie-uitje,' zei hij.

'Ga toch mee,' zei ik, terwijl ik mijn best deed om mijn stem warm te laten klinken, al twijfelde ik eigenlijk een beetje. Hij is een leproos en soms jaagt hij me de stuipen op het lijf – en in principe ben ik al heel lang anti-John Hutchinson. 'Ze hebben van die verrukkelijke gebakken wontons,' voegde ik eraan toe.

'O,' mompelde Hutch, op die vage manier van hem. 'Ik ben altijd in voor wontons. Dat had je niet gezegd, dat ze wontons hebben.'

'Wontons, wontons, wontons,' schreeuwde mijn vader.

En ik schreeuwde hem na: 'Wontons, wontons, wontons!'

Dus ging Hutch met ons eten.

Het was best leuk.

Als dit een film over mijn leven was, zou ik nog een aantal weken verdrietig zijn geweest. Daarna zou Noel op een dag aan mijn deur zijn verschenen om vergiffenis te vragen dat hij zo chagrijnig was geweest, vol hoop en met een heel mooi cadeau bij zich. We zouden elkaar kussen op een filmgenieke locatie, bijvoorbeeld buiten in een sneeuwstorm (*Bridget Jones*) op een ijsbaan (*Serendipity*) of op een brandtrap (*Pretty Woman*). Dat zou het einde zijn.

Maar zoals ik tot mijn teleurstelling geleerd heb, gaat het in het leven nooit als in een film. En zoals ik dankzij negen maanden therapie (met een onderbreking van een maand) geleerd heb: Als je geen ruzie met iemand wilt krijgen, kun je waarschijnlijk maar het best proberen het probleem op te lossen, in plaats van te gaan liegen in de hoop dat iemand anders dat voor je doet. Zoals dokter Z zegt: 'We weten niet wat andere mensen gaan doen. Jíj moet bedenken wat jíj wil doen om de situatie zo te krijgen als jij hem wilt hebben.'

Noel was maandag niet op school. Na de zwemtraining liet ik me door Varsha afzetten in het U-district. Daar kocht ik een cd met maffe fratrocknummers. Toen nam ik de bus naar het huis van Noel. De rit duurde meer dan een uur. Ik belde aan.

'Ruby!' riep mevrouw DuBoise, terwijl ze haar handen aan haar schort afveegde. Ze zat helemaal onder de tomatensaus en had een meelvlek op haar wang. 'Ik doe een poging om pizza te maken. Heb jij wel eens pizza gemaakt? Ik heb zo'n steen waarmee je een gewone oven in een pizzaoven zou moeten kunnen omtoveren.'

'Cool.'

'Noel!' schreeuwde ze. 'Je vriendin Ruby is er!'

Er kwam geen antwoord. 'Hij zal zijn haar wel staan te gellen,' zei ze met een knipoog. 'Noel!' riep ze weer.

'Wat?'

'Ruby is er. Kan ze naar boven komen?'

'Tuurlijk,' schreeuwde hij naar beneden.

'Ik accepteer geen verantwoordelijkheid voor zijn manieren,' lachte mevrouw DuBoise. 'Je kunt net zo goed proberen een tyrannosaurus af te richten.'

'Maakt niet uit.'

'Blijf je eten?' vroeg ze. 'Ik kan niet instaan voor de kwaliteit van mijn pizza, want dit is een experiment. Maar ik maak ook kip, want Pierre en Mignon lusten niks waar tomaat in zit, zelfs niet als je ze omkoopt met chocola.'

'Dank u,' zei ik. 'Maar eerst wil ik met Noel praten. We hebben ruzie gehad.'

Mevrouw DuBoise keek me met grote ogen aan. 'Oooooo. Dat verklaart veel,' zei ze. 'Oké, trap op, tweede deur links.'

Ik begon de trap op te lopen, maar hield toen stil. 'Eh, mevrouw DuBoise?'

'Zeg maar Michelle.'

'Gaat het weer goed met die persoon? Degene uit uw familie die ziek was. Ik bedoel, degene voor wie Noel naar huis moest.'

Ze leek in verwarring en zei toen: 'Ja, ja. Het gaat prima. Bedankt voor je belangstelling, Ruby.'

Noels kamer was een puinhoop. De vloer lag vol met kleren, boeken en cd-doosjes. Noel zat met zijn voeten omhoog aan zijn bureau. Het leek erop dat hij in een muziektijdschrift had zitten lezen.

'Hoi,' zei ik.

'Hoi.'

'Ik kwam zeggen dat het me spijt,' zei ik tegen hem. 'Dat ik me met je zaken bemoeide.'

'Ik was een hufter,' zei hij.

'Nee. Ik was bemoeierig. Dat ben ik weleens. Dat ik me met andermans zaken bemoei als iemand dat niet wil.'

'Kan best.'

'Ja echt. Maar ik beloof beterschap.'

'Roo.' Noel haalde zijn voeten van het bureau. 'Ik moet je iets vertellen.'

'Wat?'

'Degene die ziek was geworden in mijn familie – dat hebben ze toch verteld? Dat er iemand in mijn familie ziek was geworden?'

'Ja.'

'Dat was ik!'

'Hè?'

'Ik neem mijn astmamedicijnen niet en ik rook en ik houd meestal geen rekening met die klotesituatie met mijn longen, omdat...' Hij haalde zijn schouders op. 'Ik doe nu al een paar jaar alsof er niets aan de hand is. Dat ik hoop dat het gewoon overgaat. En er moeten op Canoe Island tonnen pollen of stof of zoiets geweest zijn. Of misschien was ik wel gestrest over iets. Ik weet het niet. Maar omdat ik mijn ontstekingsremmers niet bij me had en bij de haven misschien wel honderd sigaretten heb staan roken, kreeg ik aanvallen van luchtpijpvernauwing, zoals ze dat noemen. Astma-aanvallen.'

'O.'

'De helft van de tijd kon ik nauwelijks ademhalen en ik moest de puffer veel meer gebruiken dan eigenlijk de bedoeling is. Ik verstopte me op de wc om hem te gebruiken. Het was totaal deprimerend. Uiteindelijk heb ik tegen Wallace en Glass gezegd wat er aan de hand was, maar ik heb ze gevraagd om niets te vertellen. Zelfs niet tegen jou.'

'Hoezo?'

'Ik... ik ben zo kwaad dat ik die ziekte heb. Ik had er gewoon geen zin in. Het was vervelend en stom en...' Hij keek naar zijn handen. 'Ik heb het niet goed aangepakt.'

'O,' antwoordde ik. 'Ik zou het aan niemand verteld hebben.'

'Dat weet ik.' Noel zuchtte. 'Maar het punt is, ik móét het aan anderen vertellen. En ik moet er rekening mee houden. Het is beter als andere mensen het weten. En toch vertel ik het niet. Ik lijk wel een idioot.'

Ik knikte.

'Uiteindelijk heeft Glass mijn ouders gebeld. Toen moest ik naar huis komen om naar de dokter te gaan.'

'Gaat het nu beter?'

'Ja. Ik rook niet meer. Ik heb een nicotinepleister gekregen. En ik heb een nieuw soort puffer, dat moet ook helpen. En ik neem die stomme pillen.'

'Goed zo.'

'Ik heb ook moeten beloven dat ik het aan andere mensen ga vertellen. Zodat ze me kunnen helpen als er iets is.'

'Blijf je nog hardlopen?'

'Ja. Ik moet alleen niet meer zo koppig zijn dat ik mijn medicijnen niet wil nemen, enzovoort.'

Ik gaf hem de cd, die nog in een plastic tasje zat. 'Dit heb ik voor je meegebracht.'

Noel haalde de cd uit het tasje en lachte. 'Roo! Wat leuk!' Hij keek me aan. Ik stond nog steeds bij de deur van zijn kamer.

'Wil je niet even gaan zitten? Ik beloof je dat ik niet meer koppig zal zijn of nog over mijn astma zal mopperen.'

Ik ging op de grond zitten.

Want het bed leek me te bedderig.

Noel stond op en kwam naast me zitten. Hij haalde het plastic van de cd en stopte hem in zijn cd-speler. 'My Sharona' schalde uit de luidsprekers.

'Ruby?' vroeg Noel, terwijl hij zijn hand op mijn knie legde.

'Ja?'

'Ehm.'

'Wat?'

'Mag ik je kussen?'

Ik wilde het.

Ik wilde het zo graag.

Het was alsof Angelo en Jackson en elke andere jongen die ik ooit gekust had uit mijn gedachten verdwenen waren. Alleen Noel was er nog.

Maar ik schudde mijn hoofd. 'Nee.'

'O,' zei hij, terwijl hij zijn hand van mijn knie haalde en naar de grond keek. 'Sorry. Ik dacht eigenlijk dat het die richting uitging.'

'Dat dacht ik ook,' zei ik. 'Dat was ook zo.'

'Maar nu niet meer?'

'Nee.'

'Is het omdat je een vriendje hebt?'

'Wat? Welk vriendje?'

'Dat heb ik van Jackson gehoord.'

'Wanneer heb jij Jackson gezien?'

'We zitten samen op hardlopen,' zei Noel schouderophalend. 'Ik hoorde het hem tegen Kyle vertellen in de kleedkamer.'

'En hij zei...'

'Dat je een vriendje had. Een jongen van Garfield, Angelo.'

Ik wilde niet bekennen dat ik gelogen had. Dat zou echt te stom zijn.

'O, Angelo. Dat stelde helemaal niks voor,' legde ik uit. 'Dat is voorbij.'

'O.' Noel streelde met zijn wijsvinger mijn lippen. 'Dus misschien mag ik je wél kussen?' Hij leunde naar me toe. 'Want dat wil ik al zo lang.'

Ik trok me terug. 'Ik kan het niet.'

Hij streelde mijn haar. 'Waarom niet? Je zei toch zelf dat het die richting uitging.'

'Ik heb angstaanvallen,' zei ik, terwijl ik me van hem afwendde. 'Weet je wat dat is?'

'Zo ongeveer, ja.'

'Ik moet naar een psych, omdat ik van allerlei dingen overstuur raak,' zei ik. 'Ik heb geprobeerd erachter te komen waarom ik dingen doe, en waarom ik me voel zoals ik me voel. En hoe het komt dat ik al zo lang geen vrienden meer heb.'

Hij keek me aan alsof hij me vroeg verder te gaan.

'De vorige maand heb ik het weer goedgemaakt met Nora. Eindelijk wil ze weer vrienden met me zijn na alles wat er gebeurd is, en, nou ja – we hebben een soort afspraak.'

'Zoals?'

'Dat we niets met een jongen beginnen als iemand anders hem het eerst leuk vond.'

Noel wachtte even. Toen zei hij: 'Ik snap het.'

'Zij is mijn vriendin en ik wil haar niet kwijt, zoals Kim en Cricket. Ik probeer erachter te komen hoe ik me moet gedragen als een goed mens en dat vind ik niet altijd even makkelijk.'

'Ik denk dat jij een goed mens bent,' zei Noel.

'Soms wel,' antwoordde ik. 'Nu bijvoorbeeld.'

'O.'

'Het spijt me verschrikkelijk, maar ik geloof niet dat er verder iets aan te doen is.' Ik stond op. 'Ik kan maar beter gaan.'

'Ja,' zei hij. 'Misschien wel.'

Het was een van de moeilijkste dingen die ik ooit gedaan had, maar ik draaide me om en liep de deur uit.

Op dinsdag nam ik *Het jongensboek* in een oud stuk kerstpapier mee naar school. Ik had er een briefje bij gedaan waarop ik had geschreven:

Lieve Kim,
Vroeger waren wij vriendinnen.
Ik betwijfel of we ooit nog vriendinnen zullen zijn. Er is te veel gebeurd. Maar misschien kunnen we ons herinneren hoe het vroeger was, zonder die gigantische hoeveelheid bitterheid.
Daarom geef ik je dit boek.
Een paar dagen geleden heb ik je de waarheid verteld. Ik weet dat ik soms een zure, verbitterde trut ben die erop uit is om relaties te verpesten, maar soms ben ik ook een trouw iemand die de waarheid vertelt en zich bemoeit met dingen die haar niet aangaan. Maar dat doe ik alleen omdat ik het echt niet kan uitstaan dat er nare dingen gebeuren.
Hoe dan ook. Hier is Het jongensboek.
Hoera voor Kapitein Kangaroo. Zij ruste in vrede.
– Roo

Ik legde het in haar schoolkastje, al moest ik het dubbelvouwen om het erin te krijgen. Dat was makkelijker dan het haar persoonlijk te geven.

Ik voelde me opgelucht.

Alsof er een periode van mijn leven was afgesloten.

Alsof *Het jongensboek* en alles waar het voor stond – ik, Nora, Cricket en Kim – was afgesloten. En ook de gedachten in *Het jongensboek*.

Sommige van die gedachten waren het waard om onthouden te worden. Die bh met voorsluiting en dat je niet topless moet zonnen en die gevatte antwoorden op opmerkingen van jongens. Maar de meeste ervan waren verleden tijd.

Het was een document van hoe ik vroeger dacht. Toen ik als het ware iemand anders was.

13. Het meisjesboek:
een rommelig aantekenboek met gedachten, opgeschreven zonder enig speciaal doel, puur voor mezelf, Ruby Oliver, en voor mijn psychisch welzijn

Nancy Drews.
Dat wil zeggen, dingen waar ik goed in ben.[39]

1. De rugslag. Niet héél erg goed, maar gewoon goed en steeds beter.
2. Praten. Wat dat betreft lijk ik op mijn moeder.
3. Lijstjes maken. Op dit punt maak ik kans op een medaille.
4. Films. Herinner me allerlei triviale feiten en semi-intelligente dingen over films als me daarnaar gevraagd wordt.
5. Dieren ertoe krijgen me aardig te vinden. En niet bang voor ze zijn.
6. Detectives lezen. Wat niet zo moeilijk is. Maar ik kan het heel snel.
7. Dingen zo opschrijven dat ze op zijn minst een beetje grappig zijn.
8. School, in het algemeen. Met uitzondering van wiskunde, maar als ik eerlijk ben kan me dat geen barst schelen.
9. Tekeningen maken van dieren die tamelijk goed lijken op het dier dat ik probeer te tekenen. Menselijke lichamen lukken nog niet zo goed, zoals mijn vele probeersels voor het keuzevak Schilderen voor gevorderden bewijzen – en mijn landschappen zijn knudde, net als mijn fruitschilderijen. Maar als ik zelf iets teken, van een foto in een van mijn dierenboeken of gewoon uit mijn hoofd, lukt het heel goed. Niet dat ik het vaak doe.
10. Ik ben goed in cadeautjes geven.
11. En het vinden van kleren in tweedehandswinkels.
12. En ik ben een goede vriendin. Tenminste, ik word steeds beter.

– geschreven door mij, Ruby Oliver, helemaal alleen. Precieze tijdstip: 21 november, in de vijfde klas.

---

[39] Een huiswerkopdracht van dokter Z. In haar psychobabbel noemt zij het 'bevestigingen', maar ik noem het liever Nancy Drews. Nancy Drew, de vrouwelijke detective uit een serie meisjesboeken, was immers overal goed in, zelfs in paardrijden en waterballet, al was er

M eghan heeft het met Thanksgiving uitgemaakt met Bick. Hij huilde en heeft haar gesmeekt het niet te doen.

Het deed mij veel genoegen dat te horen, maar Meghan was bedroefd. Omdat ze van hem houdt. Maar ze heeft tegen hem gezegd dat ze gek werd van die langeafstandsrelatie, of ze elkaar nu trouw waren of genoten van het moment. En ze vond het een vreselijk idee dat ze moest gaan studeren in Boston, terwijl ze misschien heel ergens anders zang wilde gaan studeren, of misschien wel helemaal niet naar de universiteit wilde en yogalerares wilde worden, of ergens wilde gaan studeren waar het warm is, dicht bij het strand. En ze dacht ook niet dat ze met elkaar zouden trouwen en ze wilde op dit moment sowieso nog niet denken aan trouwen, dus had het helemaal geen zin meer.

Ze kon niet leven in Seattle terwijl haar hart en haar hoofd in Harvard waren, zei ze tegen hem.

Om haar op te vrolijken hebben Nora en ik haar getrakteerd op een espressomilkshake. Daarna zijn we naar een of andere domme film geweest, over ruimtewezens die op aarde binnendringen en zijn we blijven slapen bij de Van Deusens. [40]

Kim bedankte me voor *Het jongensboek*. We gaven elkaar een nepknuffel en negeerden elkaar vervolgens weer hoofdzakelijk. Alleen groetten we elkaar nu wel in de gang en kon ik naar feestjes gaan zonder bang te zijn dat er iets verschrikkelijks zou gebeuren. Zij en Cricket werden helemaal opgenomen in het kringetje van Katarina, Heidi en Ariel. Nora hing er een beetje bij en trok voornamelijk op met mij en Meghan.

---

niets wat er op wees dat ze die dingen eerder gedaan of er zelfs maar van gehoord had, totdat ze er op wonderbaarlijke wijze verschrikkelijk goed in bleek te zijn.

[40] Nora's broer Gideon was er. Hij zit op Evergreen en was thuis voor de Thanksgiving-vakantie. Ik vind Gideon erg hot, al vindt Nora het weerzinwekkend dat hij doorlopende wenkbrauwen heeft. Hoe dan ook, ik zag hem naar mijn benen staren toen we in het bubbelbad gingen. Ik kreeg er goede zin van.

Kim en Jackson bleven bij elkaar. Van Nora (die het al snel na Canoe Island weer goedmaakte met Kim) hoorde ik dat Kim hem gewoon gevraagd had wat er aan de hand was. Er ontstond een vreselijke scène, maar hij verbrak het contact met dat meisje uit de dierentuin. Tegen Kim zei hij dat hij een enorme fout had gemaakt en dat hij er ongelooflijk veel spijt van had, maar dat hij zich vreselijk in de war en eenzaam had gevoeld. Hij schreef haar veel briefjes en gaf haar een Hello-Kitty-lunchtrommel en een kasjmieren trui cadeau. Daarom vergaf ze het hem.

Ik heb haar nooit verteld van die briefjes die hij mij heeft geschreven, of van die uitnodiging voor het feest van Kyle.

Ik besloot dat het niet mijn zaak was om haar dat te vertellen.

En bovendien was Jackson totaal genezen van zijn neiging om met mij te flirten of me zover te krijgen dat ik hem vergaf, of wat het ook geweest mag zijn. Het was immers overduidelijk dat zijn vriendin van mij wist dat hij vreemdging met dat meisje uit de dierentuin.

Een paar weken lang was het contact tussen Noel en mij erg stroef, maar daarna ging het beter. Bij het scheikundepracticum bleven we met elkaar samenwerken, maar hij stuurde me geen mailtjes meer. Als we scheikunde hadden lunchten we samen, maar dan gingen we altijd bij anderen aan tafel zitten. Soms ging hij mee als ik met Meghan en Nora naar de film ging, maar we gingen nooit ergens alleen naartoe en we belden elkaar nooit op. Het Joekels-bevrijdingsfront was officieel ter ziele.

Ik heb Nora nooit verteld wat er gebeurde toen ik hem die cd ging brengen.

Noel gaf niks om Nora, tenminste niet op die manier. Soms ging ze expres naast hem zitten, of zat ze een hele tijd naar hem te staren, alsof ze er bij het gesprek tijdens de lunch met haar hoofd niet bij was. Ik zag wel dat ze nog steeds verliefd op hem was.

Trouwens, dat vertelde ze me ook. Ze zei dat ze hem interessant en grappig vond en dat ze het leuk vond hoe zijn haar omhoog stond.

En dat moest ik beamen.

Ze zei dat hij niet paste in het Tate-universum, tenminste veel meer dan iemand anders, en dat de jongens op Tate over het algemeen lomp en seksistisch waren. Zelfs als ze niet van die o zo mannelijke, bekakte dokters in de dop waren.

Ze vond het muffins.

En dat was waar.

Maar Nora had niet het lef om Noel mee uit te vragen. Bij elke suggestie van mij in die richting zei ze steeds dat ze het ging doen. Maar dan deed ze het toch weer niet. Begin december probeerde een zesdeklasser van het basketbalteam haar te versieren op een feestje van Heidi Sussman. Even stond ze met hem in de keuken te zoenen, maar toen klaagde ze dat ze moe was en ging naar huis. Daarna keek ze de jongen nooit meer aan.

Ik volgde nog een training voor het pinguïnpraatje in de dierentuin en in de ogen van Anya maakte ik het helemaal goed bij de volgende voorstelling. Verder ging ik de kinderboerderij een steeds leuker deel van het werk te vinden. Ik werd de beste maatjes met Laverne en Shirley. En na een tijdje vroeg ik of ik minder tuinwerk mocht doen en meer met de dieren. Toen liet Anya me helpen bij het uitmesten van de dierenverblijven. Smerig werk, maar vooruit.

Uiteraard ging al mijn geld op aan het terugbetalen van mijn ouders voor Canoe Island, dus ik was tot het nieuwe jaar blut.

Mijn ouders waren blij dat ik weer in therapie was bij dokter Z en mijn problemen aanpakte. Ze bleven maar vissen of ik misschien lesbisch was.

En herinnerden me eraan dat ze het helemaal niet erg vonden.

'Ik ben niet lesbisch, jongens,' zei ik dan.

'Het is heel normaal hoor, lieverd.'

'Ja, alleen bén ik het niet.'

'Het is normaal dat je het ontkent. Probeer eerlijk te zijn tegen jezelf,' zei een van hen dan, waarna we weer een lange discussie aan tafel kregen over het feit dat mijn moeder een heleboel homoseksuele vrienden heeft en dat ze op school misschien zelf wel een lesbische relatie had gehad met Lisa, dat ze een heleboel leuke films kenden met homo's erin en dat heel veel bekende mensen homo waren. Dan gaf mijn vader me een loos complimentje – dat ik er leuk uitzie of dat ik een interessante persoonlijkheid ben – in de hoop daarmee mijn zelfvertrouwen te stimuleren. En ik keek naar mijn bord, roerde door mijn pasta en wachtte tot het eten afgelopen was.

Argh.

Een paar dagen nadat we terugkwamen van Canoe Island vroeg Hutch Noel of hij mee wilde naar een concert van Aerosmith en Noel zei ja. Ze gingen er samen naartoe en deden allerlei dingen waar mannen bij rockconcerten hun jongens-onder-mekaar-gevoel mee uitdrukken. Daarna begonnen ze steeds meer met elkaar op te trekken. En hoewel Hutch' status als leproos daar niet echt door verbeterde en zijn huid ook niet, lunchte hij wel af en toe met ons. Dat was prima zolang hij maar geen obscure retrometalteksten citeerde waar niemand iets van begreep.

We gingen weer samenwerken bij Frans.

Angelo werd verliefd op zijn nieuwe vriendinnetje. Ze heette Jade. Dat vertelde Juana tegen mijn moeder en mijn moeder (die niet op de hoogte was van mijn avonturen met Angelo) vertelde het weer tegen mij. Ze zei dat Jade bij Angelo was komen eten en dat ze heel aardig en knap was en dat Angelo naar haar keek alsof de zon in haar ogen scheen.

Ik voelde helemaal niets toen ik het hoorde. Behalve blijdschap voor Angelo.

Soms moesten we samen eten, zoals altijd. Dan zaten we op twee uiteinden van de bank tv te kijken. Voor de veiligheid trok ik altijd een bh met rugsluiting en een jurk aan. Want als ik naar het prachtige profiel van Angelo keek, herinnerde ik me weer wat een kei hij was op het onderdeel borsten en kwam ik een beetje in de verleiding. Maar dan aaide ik maar een rottweiler of een shi-tsu of zoiets, en maakte een opmerking over reality-tv en daarna was het weer over.

En ik, Ruby Oliver, begon aan *Het meisjesboek*. Een stukje daaruit stond in het begin van dit hoofdstuk. Het is een soort invallenboek voor dingen die ik denk. Ik heb er een kaft voor gemaakt met een tekening van Humboldt-pinguïns erop. Plakkaatverf op tekenpapier en het ziet er niet eens zo slecht uit. Mijn vader heeft een nieuwe computer gekocht en toen kreeg ik zijn oude. Met die computer heb ik alle dingen opgeschreven die in het begin van dit schooljaar gebeurd zijn. Dat is wat je nu leest.

Ik zwem. En ik ga naar dokter Z. En ik heb mijn dierentuinbaantje. En ik schrijf van alles. Ik huur films met mijn vriendinnen en drink espressomilkshakes bij de B&O.

Ik denk helemaal niet meer aan Jackson. Ik zie hem op school, maar mijn radar is verdwenen. Ik vind hem een pod-robot en het kan me niets schelen.

Het kan me niets schelen.

Het kan me niets schelen.

Als ik Kim zie, voel ik nog steeds pijn omdat we vroeger vriendinnen waren. Wat ik met haar heb gehad, heb ik met niemand.
En zal ik misschien ook nooit meer met iemand krijgen.

Misschien worden vriendschappen wel anders als je ouder
wordt.

Maar de pijn om Kim is niet heel erg. Het is geen golf van di-
recte, paniekachtige pijn en woede, zoals vroeger. Het is pijn om
wat er in het verleden gebeurd is, niet om wat er nu gebeurt.

Ik kan ermee leven.

Ik leef ermee.

Als ik ergens verdrietig over ben, en soms ben ik dat, dan is het
Noel. Ik praat veel over hem in de therapie. Ik denk dat het tussen
ons tweeën iets had kunnen worden, echt iets. En nu is er alleen
een oppervlakkige vriendschap die nooit dieper zal gaan. Tenminste, dat denk ik niet.

Ik heb de juiste beslissing genomen. Maar dat betekent niet dat
het me niet spijt.

De eerste avond in de wintervakantie kwamen Meghan en Nora
bij mij slapen.

Er komt bijna nooit iemand bij mij slapen. Ook vroeger nauwelijks, zelfs nog voor de debacles in de vierde. Wij wonen een heel
stuk kleiner dan mijn vrienden, en de muren zijn dun. Waarom
zou je in de huiskamer van een pseudo-alternatieve woonboot op
de grond willen slapen, als je bubbelbaden, zwembaden en slaap-
kamers met een eigen badkamer kunt hebben?

Het antwoord was altijd duidelijk. Niet dus.

Maar ik nodigde ze toch maar uit, omdat Meghan in de vakantie naar haar grootouders ging en we haar twee weken lang niet
zouden zien. Ze kwamen.

Mijn ouders gingen bij Juana eten en Nora maakte nacho's en

chocolate-chipkoekjes en we speelden met zijn drieën Trivial Pursuit, de Silver Screen Edition. Dat had ik voor mezelf gekocht na een afgrijselijke avond bij die vierjarige spuugmachine op wie ik vroeger paste. (Trouwens, ik heb dik van ze gewonnen, zelfs toen Meghan en Nora samen tegen me speelden.)

Daarna smeerden we moddermaskers op ons gezicht. Meghan lakte haar teennagels en Nora bekeek de bloemenfotoalbums van mijn vader. Ik ruimde de keuken op, zodat mijn ouders geen woedeaanval zouden krijgen als ze thuiskwamen.

Toen ze terugkwamen, was mijn vader een beetje aangeschoten. Hij deed net alsof hij vreselijk schrok van die groene modder op ons gezicht. Ze maakten een hoop herrie toen ze de badkamer in- en uitliepen om hun tanden te poetsen. Daarna lieten ze ons met rust.

We maakten een gigantisch bed op de vloer in de huiskamer met kussens van de bank, drie bedkussens en slaapzakken van Nora en Meghan, plus mijn beddengoed en een heleboel extra lakens. Het was wel drie meter breed. We wasten de modder van ons gezicht, trokken een pyjama aan en gingen in bed naar *Saturday Night Live* kijken.

Er was niet veel aan en Meghan viel al na vijf minuten in slaap. Nora, die aan de andere kant van mij lag, was een paar minuten later vertrokken.

Daar lag ik, in het blauwe licht van de tv. Ik keek niet echt. Ik lag daar gewoon, tussen Meghan en Nora.

Meghan snurkte zachtjes.

Nora ademde door haar mond en kwijlde een beetje op het kussen.

Toen er reclame kwam, zette ik de tv uit met de afstandsbediening.

Het water klotste tegen de zijkanten van onze woonboot.

En ik voelde me gelukkig.

Dankwoord

Dank aan Marissa voor het weghalen van saaie noten, waardoor het boek veel beter is geworden. En aan Beverly, Chip, Kathleen en iedereen bij Delacorte Press, met name de verkoopmensen, voor al hun inspanningen en steun voor mijn boeken. Elizabeth, die stralende, onvermoeibare vertegenwoordigster, ben ik eeuwig dankbaar.

Ik dank de mensen in mijn jeugdliteratuur-nieuwsgroep voor hun verrukkelijke humor en hun tips over het schrijf- en uitgeefproces.

Ook dank aan de FOZ (*Friends of Zoe*) – Julia, Anne, Vanessa en Mika – die het aandurfden de John Belushi-popquiz te doen en er daardoor voor zorgden dat dit boek vol (hopelijk) leuke en pseudoleerzame noten en filmverwijzingen zit. Ik dank met name quizleidster Zoe, die me bovendien hielp bij het bedenken van het einde van dit boek.

Dank aan Bellamy Pailthorp en Melissa Greeley voor het checken van feiten over Seattle, al weet ik dat ik de Woodland Park Zoo helemaal opnieuw heb uitgevonden omwille van literaire doeleinden.

Liefs voor en dank aan mijn familie en mijn kattenvrienden, al moet ik vanwege de nauwkeurigheid opmerken dat de kat Mercy Randolph meer problemen heeft veroorzaakt dan hij heeft opgelost.

Lees ook over Ruby:

15 jongens, 4 kikkers en ik

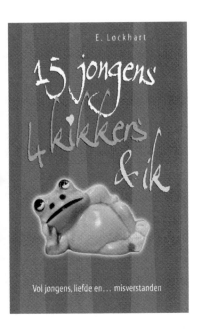

E. Lockhart

Vol jongens, liefde en... misverstanden

Voordat iémand me een slet noemt of denkt dat ik ongelooflijk populair ben – laat ik eerst uitleggen dat op deze lijst echt iedere jongen staat met wie ik ook maar iets van wat dan ook heb gehad. Er staan jongens op met wie ik nooit gezoend heb. Er staan jongens op met wie ik nooit gepraat heb.
Dokter Z zei me dat ik niemand moest overslaan. Zelfs niet als ik denk dat hij onbelangrijk is. Of eigenlijk, júíst niet als ik denk dat hij onbelangrijk is.

De 15-jarige Ruby krijgt een nogal vreemd verzoek: ze moet van haar dokter een lijst opstellen met alle jongens die belangrijk zijn (geweest) in haar leven. Na de nodige aarzeling stelt ze een top vijftien samen. Door Ruby's gesprekken met dokter Z ontdekken we waardoor haar leven in korte tijd op zijn kop is komen te staan: ruzie met haar beste vriendinnen, een verprutst proefwerk, een gebroken hart en gerommel met een jongen die al bezet is.
Alsof dit nog niet genoeg is, belandt Ruby's lijst met jongensnamen per ongeluk op school. De gevolgen zijn niet te overzien.
Gelukkig laat Ruby zich niet zomaar uit het veld slaan. Door haar onweerstaanbare humor, scherpe observaties en warme persoonlijkheid blijft ze overeind.